Auteur inconnu

Annuaire de la Guadeloupe et dépendances

Anatiposi

Auteur inconnu

Annuaire de la Guadeloupe et dépendances

Réimpression inchangée de l'édition originale de 1860.

1ère édition 2023 | ISBN: 978-3-38270-109-3

Anatiposi Verlag est une marque de Outlook Verlagsgesellschaft mbH.

Verlag (Éditeur): Outlook Verlag GmbH, Zeilweg 44, 60439 Frankfurt, Deutschland
Vertretungsberechtigt (Représentant autorisé): E. Roepke, Zeilweg 44, 60439 Frankfurt, Deutschland
Druck (Imprimerie): Books on Demand GmbH, In de Tarpen 42, 22848 Norderstedt, Deutschland

ANNUAIRE

DE

LA GUADELOUPE

ET DÉPENDANCES

1860

BASSE-TERRE

IMPRIMERIE DU GOUVERNEMENT

1860

JANVIER.

Le Soleil dans le signe du Verseau.

DATES.	JOURS de la semaine	NOMS DES SAINTS.	SOLEIL lev.	SOLEIL couc.	PHASES de la lune.
1	*Dim.*	CIRCONCISION.	6 28	5 32	
2	lundi	Abélard, abbé.			
3	mardi	Geneviève.			
4	mercr.	Rigobert, évêque.			
5	jeudi	Télesphore.	6 28	5 32	P. Q.
6	vendr.	*Épiphanie.*			le 1.
7	samedi	Théau.			
8	*Dim.*	Lucien, martyr.			
9	lundi	Julien, martyr.			
10	mardi	Guillaume.	6 27	5 33	
11	mercr.	Hygin, pape.			P. L.
12	jeudi	*St Nom de Jésus.*			le 8.
13	vendr.	Kentigerne de G.			
14	samedi	Hilaire.			
15	*Dim.*	Paul, ermite.	6 26	5 34	
16	lundi	Marcel, pape.			D. Q.
17	mardi.	Antoine.			le 15.
18	mercr.	Chaire St-P. à R.			
19	jeudi	Marius, martyr.			
20	vendr.	Sébastien.	6 24	5 36	
21	samedi	Agnès, vierge.			N. L.
22	*Dim.*	Émérentienne.			le 22.
23	lundi	Raymond de P.			
24	mardi	Timothée.			
25	mercr.	Conv. St-Paul.	6 23	5 37	
26	jeudi	Polycarpe.			
27	vendr.	Julien.			P. Q.
28	samedi	Tite, évêque.			le 31.
29	*Dim.*	François de S.			
30	lundi	Martine, v. mart.	6 21	5 39	
31	mardi	Pierre Nolasque.			

FÉVRIER.

Le Soleil dans le signe des ♓ Poissons.

DATES.	JOURS de la semaine	NOMS DES SAINTS.	SOLEIL lev.	SOLEIL couc.	PHASES de la lune.
1	mercr.	Ignace, martyr.	6 20	5 40	
2	jeudi	PURIFICATION.			
3	vendr.	Blaise, évêque.			
4	samedi	André C.			
5	*Dim.*	*Septuagésime.*	6 19	5 41	
6	lundi	Waast.			P. L.
7	mardi	Romuald.			le 6.
8	mercr.	Jean de Matha.			
9	jeudi	Appoline, vierge.			
10	vendr.	Scholastique.	6 17	5 43	
11	samedi	Séverin.			
12	*Dim.*	*Sexagésime.*			
13	lundi	Lésin.			D. Q.
14	mardi	Valentin, p. m.			le 13.
15	mercr.	Faustin et Jovite.	6 15	5 45	
16	jeudi.	Onésime.			
17	vendr.	Eleuthère.			
18	samedi	Marianne.			
19	*Dim.*	*Quinquagésime.*			N. L.
20	lundi	Eucher.	6 13	5 47	le 21.
21	mardi	Daniel, mart.			
22	mercr.	*Les Cendres.*			
23	jeudi.	Pierre Damien.			
24	vendr.	Mathias.			
25	samedi	Flavien.	6 11	5 49	
26	*Dim.*	*Quadragésime.*			P. Q.
27	lundi	Nestor.			le 29.
28	mardi	Honorine.			
29	mercr.	*IV Temps.*	6 9	5 51	

MARS.

Le Soleil dans le signe du ♈ Bélier.

DATES.	JOURS de la semaine	NOMS DES SAINTS.	SOLEIL lev.	SOLEIL couc.	PHASES de la lune.
1	jeudi	Aubin, évêque.	6 8	5 52	
2	vendr.	Céade, év.			
3	samedi	Marin, mart.			
4	*Dim.*	*Reminiscere.*			
5	lundi	Théophile.	6 7	5 53	
6	mardi	Colette.			P. L.
7	mercr.	Thomas d'Aquin.			le 7.
8	jeudi	Jean-de-Dieu.			
9	vendr.	40 Martyrs.			
10	samedi	Doctrové.	6 4	5 56	
11	*Dim.*	*Oculi.*			
12	lundi	Grégoire, pape.			
13	mardi	Euphrasie.			D. Q
14	mercr.	Mathilde.			le 14.
15	jeudi	Zacharie.	6 2	5 58	
16	vendr.	Patrice.			
17	samedi	Gertrude.			
18	*Dim.*	*Lætare.*			
19	lundi	Joseph.			N. L.
20	mardi	Joachim.	6 0	6 0	le 22.
21	mercr.	Benoît, abbé.			
22	jeudi	Camélien.			
23	vendr.	Victorien.			
24	samedi	Gabriel, arch.			
25	*Dim.*	*Passion.*	5 58	6 2	
26	lundi	*Annonciation.*			P. Q.
27	mardi	Dorothée.			le 30.
28	mercr.	Eustase.			
29	jeudi	Gontran.			
30	vendr.	Jean Climaque.	5 55	56	
31	samedi	Benjamin.			

AVRIL.

Le Soleil dans le signe du ♉ Taureau.

DATES.	JOURS de la semaine	NOMS DES SAINTS.	SOLEIL lev.	SOLEIL couc.	PHASES de la lune.
1	*Dim.*	*Rameaux.*	5 54	6 6	
2	lundi	François de Paule			
3	mardi	Richard.			
4	mercr.	Isidore.			
5	jeudi	Vincent F.	5 53	6 7	P. L. le 5.
6	vendr.	*Vendredi Saint.*			
7	samedi	Hégésippe.			
8	*Dim.*	PAQUES.			
9	lundi	Marie d'Égypte.			
10	mardi	Macaire.	5 51	6 9	
11	mercr.	Léon, pape.			
12	jeudi	Jules.			D. Q. le 12.
13	vendr.	Herménigilde, m.			
14	samedi	Tiburce.			
15	*Dim.*	*Quasimodo.*	5 48	6 12	
16	lundi	Joachim.			
17	mardi	Anicet.			
18	mercr.	Parfait.			
19	jeudi	Elphége.			N. L. le 21.
20	vendr.	Emma.	5 46	6 14	
21	samedi.	Anselme, évêque.			
22	*Dim.*	Soter et Caius, p.			
23	lundi	Georges.			
24	mardi	Fidèle, martyre.			
25	mercr.	Marc, évang.	5 44	6 16	P. Q. le 28.
26	jeudi	Clet et Marcellin			
27	vendr.	Polycarpe.			
28	samedi	Vital, martyr.			
29	*Dim.*	Pierre, martyr.			
30	lundi	Catherine de S.	5 42	6 18	

MAI.

Le Soleil dans le signe des ♊ Gemeaux.

DATES.	JOURS de la semaine	NOMS DES SAINTS.	SOLEIL lev.	SOLEIL couc.	PHASES de la lune.
1	mardi	Jacques Philippe.	5 42	6 18	
2	mercr.	Athanase.			
3	jeudi	*Inv. de la Ste-Cr.*			
4	vendr.	Monique, veuve.			
5	samedi	Pie, pape.	5 41	6 19	
6	*Dim.*	Jean Porte-Latine.			P. L.
7	lundi	Stanislas.			le 5.
8	mardi	Appar. St-Michel.			
9	mercr.	Grégoire de Naz.			
10	jeudi	Antonin.	5 39	6 21	
11	vendr.	Mamert.			
12	samedi	Nérée et Achillée.			
13	*Dim.*	Servais.			D. Q.
14	lundi	*Rogations.*			le 12.
15	mardi	Euphraise, évêq.	5 37	6 23	
16	mercr.	Ubald, évêque.			
17	jeudi.	ASCENSION.			
18	vendr.	Venant, m.			
19	samedi	Pierre Célestin, p.			N. L.
20	*Dim.*	Bernardin de S.	5 36	6 24	le 20.
21	lundi	Constantin.			
22	mardi	Julie.			
23	mercr.	Didier.			
24	jeudi	Donatien, martyr.			
25	vendr.	Urbain, p. et m.	5 35	6 25	
26	samedi	*Vigile-Jeûne.*			P. Q.
27	*Dim.*	PENTECÔTE.			le 27.
28	lundi	Germain de Paris.			
29	mardi	Maximin.			
30	mercr.	*IV Temps.*	5 34	6 26	
31	jeudi	Aline.			

JUIN.

Le Soleil dans le signe de ♋ l'Ecrevisse.

DATES.	JOURS de la semaine	NOMS DES SAINTS.	SOLEIL lev.	SOLEIL couc.	PHASES de la lune.
1	vendr.	Justin.	5 33	6 27	
2	samedi	Pothin.			
3	*Dim.*	*Trinité.*			
4	lundi	Quirin, évêque.			
5	mardi	Allyre, évêque.	5 33	6 27	
6	mercr.	Norbert.			P. L.
7	jeudi	FÊTE-DIEU.			le 8.
8	vendr.	Médard, év.			
9	samedi	Pélagie.			
10	*Dim.*	Marguerite.	5 32	6 28	
11	lundi	Barnabé, ap.			
12	mardi	Bazilide.			
13	mercr.	Antoine de P.			D. Q.
14	jeudi.	*Octave Fête-Dieu.*			le 11.
15	vendr.	Fargeau.	5 32	6 28	
16	samedi	Jean-François R.			
17	*Dim.*	Avit.			
18	lundi	Marine, v.			
19	mardi	Julienne.			N. L.
20	mercr.	Sylvère, pape	5 31	6 29	le 19.
21	jeudi	Leufroi, abbé.			
22	vendr.	Paulin, évêque.			
23	samedi	Andri.			
24	*Dim.*	*Nativ. Jean-Bapt.*			
25	lundi	Prosper.	5 32	6 28	
26	mardi	Ladislas, roi.			P. Q.
27	mercr.	Léon, pape.			le 25.
28	jeudi	Irénée.			
29	vendr.	Pierre et Paul.			
30	samedi	C. de S. Paul.	5 32	6 28	

JUILLET.

Le Soleil dans le signe du ♌ Lion.

DATES.	JOURS de la semaine	NOMS DES SAINTS.	SOLEIL lev.	SOLEIL couc.	PHASES de la lune.
1	*Dim.*	Gal, évêque.	5 32	6 28	
2	lundi	*Visitation.*			
3	mardi	Thierry.			
4	mercr.	Ulric.			
5	jeudi	Modwène, vierge.	5 32	6 28	
6	vendr.	Julien.			P. L.
7	samedi	Benoît XI, pape.			le 3.
8	*Dim.*	Élisabeth, reine.			
9	lundi	Victoire.			
10	mardi	7 Frères et Fél., m.	5 33	6 27	
11	mercr.	Pie, pape, mart.			
12	jeudi	Jean Gualbert.			☽
13	vendr.	Eugène. Anaclet.			D. Q.
14	samedi	Bonav. et Camille.			le 11.
15	*Dim.*	Henri, empereur.	5 34	6 26	
16	lundi	*N. D. du Mont-C.*			
17	mardi	Alexis.			
18	mercr.	Philastre.			
19	jeudi	Vincent de Paul.			N. L.
20	vendr.	Marguerite, v., m.	5 35	6 25	le 18.
21	samedi	Praxède. Victor.			
22	*Dim.*	Marie-Magdeleine			
23	lundi.	Apollinaire.			
24	mardi	Christine, v., m.			
25	mercr.	Jacques-Majeur.	5 37	6 23	☾
26	jeudi	Anne.			P. Q.
27	vendr.	Pantaléon, mart.			le 25.
28	samedi	Nazaire et Celse.			
29	*Dim.*	Marthe.			
30	lundi	Abdon et Sennen.	5 38	6 22	
31	mardi	Ignace de Loyola.			

AOUT.

Le Soleil dans le signe de la ♍ Vierge.

DATES.	JOURS de la semaine	NOMS DES SAINTS.	SOLEIL lev.	SOLEIL couc.	PHASES de la lune.
1	mercr.	Pierre aux liens.	5 39	6 21	
2	jeudi	Étienne, pr. m.			
3	vendr.	Inv. de St-Étienne.			
4	samedi	Dominique.			
5	*Dim.*	*N. D. des Neiges.*	5 40	6 20	P. L.
6	lundi	*Tr. de N. S. J.-C.*			le 1.
7	mardi	Gaëtan et Albert.			
8	mercr.	Cyriaque, martyr.			
9	jeudi	Romain, martyr.			
10	vendr.	Laurent, martyr.	5 42	6 18	D. Q.
11	samedi	Suzanne, vierge.			le 9.
12	*Dim.*	Claire, abbesse.			
13	lundi	Hippolyte.			
14	mardi	*Vigile-Jeûne.*			
15	mercr.	ASSOMPTION.	5 44	6 16	
16	jeudi	Hyacinthe.			N. L.
17	vendr.	Mammès, martyr.			le 16.
18	samedi.	Hélène.			
19	*Dim.*	Timothée, mart.			
20	lundi	Bernard, abbé.	5 46	6 14	
21	mardi	J.-Franç. F. de C.			P. Q.
22	merc.	Symphorien.			le 23.
23	jeudi.	Philippe Béniti.			
24	vendr.	Barthélemi, ap.			
25	samedi	Louis.	5 48	6 12	
26	*Dim*	Zéphirin, p., mart.			
27	lundi	Ebbon.			P. L.
28	mardi	Augustin.			le 31.
29	mercr.	Décol. de St-J.-B.			
30	jeudi	Rose de Lima.	5 50	6 10	
31	vendr.	Isabelle.			

SEPTEMBRE.

Le Soleil dans le signe de la ♎ Balance.

DATES.	JOURS de la semaine	NOMS DES SAINTS.	SOLEIL lev.		SOLEIL couc.		PHASES de la lune.
1	samedi	Gilles, abbé.	5	51	6	9	
2	*Dim.*	Étienne, roi.					
3	lundi	Siméon Stylite.					
4	mardi	Rosalie, vierge.					
5	mercr.	Laurent Justinien.	5	52	6	8	☽
6	jeudi	Célanire.					D. Q.
7	vendr.	Cloud, prêtre.					le 8.
8	samedi	*Nat. de la Ste-V.*					
9	*Dim.*	Gorgonius, mar.					
10	lundi	Nicolas de Tolent.	5	55	6	5	
11	mardi	*St Nom de Marie.*					
12	mercr.	Raphaël.					🌑
13	jeudi	Maurille.					N. L.
14	vendr.	*Exalt. de la Ste Cr.*					le 15.
15	samedi	Nicomède.	5	57	6	3	
16	*Dim.*	Euphémie.					
17	lundi.	Lambert.					
18	mardi	Joseph de Cupert					☾
19	mercr.	*IV Temps.*					P. Q.
20	jeudi	Eustache, martyr.	5	59	6	1	le 21.
21	vendr.	Mathieu.					
22	samedi	Maurice, martyr.					
23	*Dim.*	Lin, pape, martyr.					
24	lundi	*N. D. de la M.*					
25	mardi	Firmin, évêque.	6	1	5	59	🌕
26	mercr.	Cyprien, martyr.					P. L.
27	jeudi	Cosme et Damien					le 29.
28	vendr.	Wenceslas, mart.					
29	samedi	Michel, arch.					
30	*Dim.*	Jérôme.	6	4	5	56	

OCTOBRE.

Le Soleil dans le signe du ♏ Scorpion.

DATES.	JOURS de la semaine	NOMS DES SAINTS.	SOLEIL lev.	SOLEIL couc.	PHASES de la lune.
1	lundi	Remi, évêque.	6 4	5 56	
2	mardi	Anges gardiens.			
3	mercr.	Gérard, abbé.			
4	jeudi	François d'Ass.			
5	vendr.	Placide et comp.	6 6	5 54	☽
6	samedi	Bruno.			D. Q.
7	*Dim.*	Pallade, év.			le 7.
8	lundi	Brigite et Pélagie			
9	mardi	Denys et Comp.			
10	mercr.	François de Borgia	6 8	5 52	
11	jeudi	Nicaise et Comp.			
12	vendr.	Wilfrid.			🌑
13	samedi	Édouard.			N. L.
14	*Dim.*	Calliste, pape, m.			le 14.
15	lundi	Thérèse	6 10	5 50	
16	mardi	Gal, abbé.			
17	mercr.	Hedwige, veuve.			
18	jeudi.	Luc, évangéliste.			☾
19	vendr.	Pierre d'Alcantara			P. Q.
20	samedi	Artème, martyr	6 12	5 48	le 21.
21	*Dim.*	Ursule.			
22	lundi	Mellon, évêque.			
23	mardi	Théodoret, mart.			
24	mercr.	Magloire, évêque.			
25	jeudi	Chrysanthe, mart.	6 14	5 46	🌕
26	vendr.	Évariste, pape, m.			P. L.
27	samedi	Frumence.			le 29.
28	*Dim.*	Simon et J., ap.			
29	lundi	Narcisse.			
30	mardi	Lucain.	6 16	5 44	
31	mercr.	*Vigile-Jeûne.*			

NOVEMBRE.

Le Soleil dans le signe du ♐ Sagittaire.

DATES.	JOURS de la semaine	NOMS DES SAINTS.	SOLEIL lev.	SOLEIL couc.	PHASES de la lune.
1	jeudi	TOUSSAINT.	6 17	5 43	
2	vendr.	*Les Morts.*			
3	samedi	Hubert, évêque.			
4	*Dim.*	Charles Borromée			
5	lundi	Bertille, abbesse.	6 19	5 41	☾
6	mardi	Léonard.			D. Q.
7	mercr.	Engelbert.			le 6.
8	jeudi	Les 4 Couronnés.			
9	vendr.	Mathurin.			
10	samedi	André Avellin.	6 21	5 39	
11	*Dim.*	*Dédicace.*			
12	lundi	Vrain.			
13	mardi	Brice.			N. L.
14	mercr.	Didace.			le 12.
15	jeudi	Eugénie.	6 22	5 38	
16	vendr.	Edmond.			
17	samedi	Grégoire Thaum.			
18	*Dim.*	Aude.			☽
19	lundi	Pontien, p., mart.			P. Q.
20	mardi	Félix de Valois.	6 24	5 36	le 20.
21	mercr.	*Prés. de la Ste-V.*			
22	jeudi	Cécile, vierge, m.			
23	vendr.	Clément, pape, m.			
24	samedi	Jean de la Croix.			
25	*Dim.*	Catherine, v., m.	6 25	5 35	
26	lundi	Pierre.			P. L.
27	mardi	Lin.			le 28.
28	mercr.	Sosthène.			
29	jeudi	Saturnin, év.			
30	vendr.	André.	6 26	5 34	

DECEMBRE.

Le Soleil dans le signe du ♑ Capricorne.

DATES.	JOURS de la semaine	NOMS DES SAINTS.	SOLEIL lev.	SOLEIL couc.	PHASES de la lune.
1	samedi	Éloi, évêque.	6 27	5 33	
2	*Dim.*	*Avent.*			
3	lundi	François Xavier.			
4	mardi	Barbe, vierge.			
5	mercr.	Sabas.	6 27	5 33	☽
6	jeudi	Nicolas.			D. Q.
7	vendr.	Ambroise.			le 5.
8	samedi	*Conc. de la Ste V.*			
9	*Dim.*	Léocadie, vierge.			
10	lundi	Melchiade, pape.	6 28	5 32	
11	mardi	Fuscien.			
12	mercr.	Damase, pape.			●
13	jeudi	Luce, vierge.			N. L.
14	vendr.	Nicaise, év.			le 12.
15	samedi	Mesmin.	6 28	5 32	
16	*Dim.*	Adélaïde.			
17	lundi	Olympe.			
18	mardi.	Gatien, évêque.			☾
19	mercr.	*IV Temps.*			P. Q.
20	jeudi	Philogone, évêq.	6 29	5 31	le 20.
21	vend.	Thomas, ap.			
22	samedi	Ischyrion.			
23	*Dim.*	Victoire.			
24	lundi.	*Vigile-Jeûne.*			
25	mardi.	NOEL.	6 29	5 31	○
26	mercr.	Étienne, martyr.			P. L.
27	jendi.	Jean l'évangéliste.			le 27.
28	vend.	Innocents.			
29	samedi.	Thomas de C., m.			
30	*Dim.*	Sabin, évêque, m.	6 28	5 32	
31	lundi.	Sylvestre, pape.			

ARTICLES PRINCIPAUX DE L'ANNUAIRE DE 1860.

Année de la période Julienne.............. 6573
Depuis la première Olympiade................ 2636
De la fondation de Rome, selon Varron........ 2613
De l'époque de Nabonassar......... 2607
L'année 1276 des Turcs commence le 11 août 1859 et finit le 30 juillet 1860, selon l'usage de Constantinople.

Comput Ecclésiastique.		*Quatre-Temps.*
Nombre d'Or.....	18	29 février, 2 et 3 mars.
Épacte..........	VII	30 mai, 1 et 2 juin.
Lettre Dominicale.	A. G.	19, 21 et 22 septembre.
		19, 21 et 22 décembre.

Fêtes mobiles.	*Fêtes conservées.*
Septuagésime, 5 février.	Ascension, 17 mai.
Les Cendres, 22 février.	Assomption, 15 août.
Pâques, 8 avril.	La Toussaint, 1er nov.
Ascension, 17 mai.	Noël, 25 décembre.
Pentecôte, 27 mai.	
La Fête-Dieu, 7 juin.	
1er Dim. de l'Av. 2 décemb.	

Les fêtes transférées au dimanche suivant sont celles de l'Épiphanie, de la Fête-Dieu, de S. Pierre et S. Paul, et les fêtes patronales.

ÉCLIPSES.

Le 22 janvier, éclipse partielle de soleil.

Le 7 février, éclipse de lune.

Le 18 juillet, éclipse partielle de soleil.

Le 1er août, éclipse de lune.

POSITION DE LA GUADELOUPE.

Basse-Terre........	15°	59'	30"	*Latitude Nord.*
et	64°	4'	22"	*Longitude Ouest.*
Pointe-a-Pitre.....	16°	14'	12"	*Latitude Nord.*
et	63°	51'	32"	*Longitude Ouest.*
Gros-Morne de Des-hayes..........	16°	20'	18"	*Latitude Nord.*
	64°	10'	41"	*Longitude Ouest.*

SIGNES POUR LES DÉCORATIONS.

C. ✻ Grand'Croix.
G. O. ✻ Grand-Officier.
C. ✻ Commandeur.
O. ✻ Officier.
✻ Chevalier.

} Ordre impérial de la Légion d'Honneur.

✵ Médaille militaire.

● Médaille civile.

EMPIRE FRANÇAIS.

NAPOLÉON III (Charles-Louis). Empereur des Français, né le 20 avril 1808, du mariage de Louis-Napoléon, roi de Hollande, et de Hortense-Eugénie, reine de Hollande; marié, le 29 janvier 1853, à

EUGÉNIE. Impératrice des Français, née le 5 mai 1826.

De ce mariage :

Le prince impérial **NAPOLÉON (Eugène-Louis-Jean-Joseph).** né le 16 mars 1856.

FAMILLE IMPÉRIALE.

Jérôme-Napoléon, oncle de l'Empereur, né le 15 décembre 1784; roi de Westphalie du 1er décembre 1807 au 26 octobre 1813; marié à Frédérique-Catherine-Sophie-Dorothée, fille de feu Frédéric, roi de Wurtemberg, décédée le 28 novembre 1836.

De ce mariage :

Mathilde-Lætitia Wilhelmine, née le 27 mai 1821; mariée, en 1841, au prince Anatole-Demidoff de San-Donato.

Napoléon (Joseph-Charles-Paul), né le 9 septembre 1822; marié, le 29 janvier 1859, à Clotilde-Marie-Thérèse-Louise, princesse de Savoie, née le 2 mars 1843.

MINISTÈRE DE L'ALGÉRIE ET DES COLONIES.

S. Exc. le comte **PROSPER DE CHASSELOUP-LAUBAT** (G. O. ✵), ministre.

CABINET DU MINISTRE.

M. DELARBRE ✵, chef du cabinet.

BUREAU DU CABINET.

Ouverture des dépêches. — Enregistrement général à l'arrivée.— Répartition de la correspondance entre les différents services du ministère. — Service du départ général. — Audiences. — Affaires réservées. — Insertions au *Moniteur*.— Publications.— Correspondance télégraphique.

SECRÉTARIAT GÉNÉRAL.

M. Alfred BLANCHE O. ✵, conseiller d'État, secrétaire général.

Ier BUREAU.

Secrétariat et service intérieur.

Personnel de l'administration centrale.— Matériel et service intérieur du ministère.— Impressions.

Archives. — Dépôt des actes publics coloniaux. — Ampliations, visas et légalisations.— *Bulletin officiel.*

Rapports avec le Conseil d'État. — Honneurs et préséances.— Presse algérienne. — Pensions.— Préparation de décrets pour les croix et récompenses.— Bibliothèque.

2e BUREAU.

Justice.

Justice civile et criminelle.— Justice musulmane.— Offices ministériels. — Interprètes judiciaires et assermentés. — Législation civile et criminelle. — Questions d'état civil. — Naturalisation. — Successions vacantes.

3e BUREAU.

Cultes et instruction publique.

Cultes. — Instruction publique. — Salles d'asile. — Établissements scientifiques. — Musées. — Beaux-arts. — Monuments historiques.

DIRECTION DE L'ADMINISTRATION DE L'ALGÉRIE.

M. ZŒPPFEL O. ✻, directeur.

1er BUREAU.

Administration générale, provinciale et communale.

Administration générale, provinciale et communale. — Administration des populations arabes. — Bureaux arabes départementaux. — Police. — Foires. — Imprimerie et librairie. — Théâtres. — Poids et mesures. — Service des ports et de la santé. — Milices. — Hospices et établissements de bienfaisance. — Prisons. — Mouvement et recensement de la population.

2e BUREAU.

Colonisation, mines et forêts.

Opérations topographiques. — Création de centres de population. — Domaines. — Aliénations, concessions et amodiations. — Séquestre. — Cantonnements. — Mines. — Forêts. — Agriculture

3e BUREAU.

Travaux publics, commerce et industrie.

Ponts et chaussées. — Chemins de fer. — Grande voirie. — Bâtiments civils. — Édifices diocésains. — Phares et fanaux. — Travaux provinciaux et communaux. — Police et régime des eaux. — Travaux hydrauliques. — Commerce, industrie, passages.

DIRECTION DE L'ADMINISTRATION COLONIALE ET DES SERVICES FINANCIERS.

M. le baron DE ROUJOUX (C. ✱), conseiller d'État, directeur.

1er BUREAU.

Administration générale des colonies.

Gouvernements coloniaux.— Affaires et régime politiques.— Relations des colonies avec les colonies étrangères.— Immigration. — Régime du travail.— Commerce colonial.— Banques et établissements de crédit.— Caisses d'épargne.— Régime monétaire.— Indemnité coloniale. — Statistique du commerce colonial.

2e BUREAU.

Administration intérieure des colonies

Directions de l'Intérieur. — Régime municipal. — Hospices et établissements de bienfaisance.— Prisons et établissements pénitentiaires. — Police. — Régime de la presse coloniale. — Salubrité publique et police sanitaire. — Poids et mesures. — Gardes nationales et milices.— Ponts et chaussées. — Travaux des ports. — Phares et fanaux. — Bâtiments civils et travaux communaux. — Agriculture.— Mines et salines. — Forêts.— Concessions de terres. — Domaine public et colonial. — Questions relatives au régime des eaux.— Statistique de la population et de l'agriculture.

3e BUREAU.

Administrations financières.

Contributions directes et indirectes. — Douanes (tarifs et perceptions). — Enregistrement et timbre. — Impôts et produits divers. — Postes.— Services télé-phiques.

4e BUREAU.

Jus

Comptabilité générale.

Offices

ns de finances générales.— Budget général.—

Vérification des dépenses. — Ordonnancement. — Comptabilité. — Centralisation des budgets locaux, des répartitions de crédits et des ordonnances de délégation. — Centralisation des demandes et des ouvertures de crédits. — Situation des caisses du trésor aux colonies. — Envoi de fonds. — Situation des comptes de fonds de réserve aux colonies. — Comptes courants avec les receveurs généraux. — Caisse du ministère. — Comptabilité du magasin des approvisionnements pour les colonies.

EXPOSITION ALGÉRIENNE ET COLONIALE.

Expositions à Paris. — Expertises et recherches. — Communications commerciales et techniques.

DIRECTION
DES AFFAIRES MILITAIRES ET MARITIMES.

M. De Cissey (C. ✻), général de brigade, directeur.

1er BUREAU.

Affaires militaires et maritimes en Algérie. — Affaires arabes.

Correspondance concernant les opérations militaires — Rapport avec le ministre de la guerre et le ministre de la marine, relativement au personnel militaire en Algérie. — Affaires politiques arabes en territoire militaire. — Personnel et administration des bureaux arabes militaires. — Interprètes de l'armée. — Chefs indigènes en territoire militaire. — Propositions d'avancement et de récompenses. — Arabes internés à Ajaccio et pénitentiers indigènes en Algérie. — Marine. — École des mousses. — Pêche côtière et pêche du corail en Algérie. — Dépôt des étalons des tribus.

2e BUREAU.

Affaires militaires et maritimes aux colonies.

Opérations militaires aux colonies. — État-major général et des places. — Gendarmerie. — Infanterie européenne et indigène.— Spahis. — Service des transports militaires. — Administration, solde et revues de ces divers corps. — Rapports des inspecteurs généraux.

Officiers de vaisseau, commissariat de la marine, service de santé et maîtres entretenus de diverses professions (mis à la disposition du département).

Stations navales locales.— Centralisation des transports par navires de l'État.— Personnel de commandement et de surveillance du service de la transportation.— Magasins militaires et arsenaux maritimes.

Justice militaire aux colonies. — Hôpitaux et vivres. — Propositions de récompenses et d'avancement.

3e BUREAU.

Artillerie et génie aux colonies.

Administration, solde et revues des états-majors et des troupes de l'artillerie et du génie et des compagnies indigènes d'ouvriers du génie aux colonies.— Inspection générale des troupes du génie et de l'artillerie aux colonies.

Fortifications. — Armements des places fortes et des côtes.— Forts et batteries.

Matériel de l'artillerie et du génie. — Munitions et approvisionnements de guerre.

DÉPÔT DES FORTIFICATIONS DES COLONIES.

CONTRÔLE.

Examen et visa de toutes les propositions à soumettre à l'approbation du ministre par les directeurs au sujet de concessions de traitements et d'allocations pécuniaires ou autres, et des marchés, contrats et engagements de toutes sortes. — Vérification et visa des décomptes de répartition de fonds et des ordonnances de payement. — Contrôle des propositions et liquidations de pensions. — Vérification de la caisse spéciale et de la comptabilité centrale du matériel du ministère.— Assistance aux travaux des commissions chargées à Paris de procéder à des marchés et à des recettes.

(Chaque bureau est chargé de la comptabilité et du personnel des services placés dans ses attributions.)

CONSEIL SUPÉRIEUR DE L'ALGÉRIE ET DES COLONIES.

MM. S. E. le ministre de l'Algérie et des colonies, *président du conseil.*

Barbaroux, sénateur, vice-président du comité consultatif des colonies, *vice-président du conseil.*

Bayle-Mouillard, conseiller à la cour de cassation, ancien procureur général à la Guadeloupe.

Le baron Yvelin de Béville, général de brigade, aide de camp de l'Empereur.

Blanche (Antoine), avocat général à la cour de cassation.

Blondel, conseiller d'État.

Bonfils, capitaine de vaisseau.

Le baron de Chabaud-la-Tour, général de division.

Chevalier (Michel), conseiller d'État.

Foucher (Victor), conseiller à la cour de cassation.

Gayant, inspecteur général des ponts et chaussées.

Gervais (de Caen), directeur de l'école supérieure de commerce.

De Gisors, architecte, membre de l'Institut, inspecteur général des bâtiments civils.

Langlais, conseiller d'État.

Frémy, conseiller d'État, gouverneur du Crédit foncier de France.

Le Play, conseiller d'État.

Michel Lévy, membre du conseil de santé des armées, directeur du Val-de-Grâce.

Pinard, directeur du comptoir d'escompte.

Reibell, inspecteur général des ponts et chaussées.

Le baron Paul de Richemont, sénateur.

Tostain (Paul-Albert), inspecteur général des ponts et chaussées.

MM. Le duc de Valmy.
Vuitry, président de la section des finances au conseil d'État.

COMMISSION DES TRAVAUX PUBLICS.

MM. Vuitry, président de la section des finances au conseil d'État, *président de la commission.*
Le baron de Chabaud-la-Tour, général de division, *vice-président de la commission.*
Bonfils, capitaine de vaisseau.
Gayant, inspecteur général des ponts et chaussées.
De Gisors, architecte, membre de l'Institut, inspecteur général des bâtiments civils.
Le Play, conseiller d'État.
Reibell, inspecteur général des ponts et chaussées.

M. le docteur Calvo, médecin du ministère, rue Saint-Sulpice, 22.
M. Guiard, avocat du ministère près la cour impériale, rue de la Paix, 10.
M. Dunoyer, avoué du ministère près la cour impériale, rue Neuve-des-Petits-Champs, 83.
M. Paul, avoué du ministère près le tribunal de première instance de la Seine, rue de Choiseul, 6.

COLONIES FRANÇAISES.

ALGÉRIE.

MM. De Martimprey (G. O. ✻), général de division, commandant supérieur des forces de terre et de mer.

Dubouzet (C. ✻.), contre-amiral, commandant de la marine.

Faron (O. ✻), commissaire de la marine, chef du service à Alger.

Pandringue de Mainsonseul ✻, capitaine de frégate, directeur des mouvements du port à Alger.

Jacquet ✻, lieutenant de vaisseau, idem à Stora.

Sencier ✻, idem à Oran.

Vallain, sous-commissaire, chargé du service administratif à Oran.

Maleplane ✻, capitaine de frégate, directeur des mouvements du port à Arzew.

Sonolet ✻, lieutenant de vaisseau, idem à Cherchell.

Berg ✻, idem à Nemours.

Ollivier ✻, idem à Gigelly.

Garbe ✻, idem à Bone.

Féraud, sous-commissaire, chargé du service administratif à Bone.

Vechi ✻, lieutenant de vaisseau, directeur des mouvements du port à Mostaganem.

Michelin, idem à Tenez.

Masselot ✻, idem à Bougie.

Aveline ✻, idem à Dellys.

MARTINIQUE.

MM. De Maussion de Candé (C. ✻), capitaine de vaisseau, gouverneur.

Lagrange (O. ✻), commissaire de la marine, ordonnateur.

MM. Husson ✻, directeur de l'intérieur.
Blondel la Rougery (O. ✻), procureur général.
Reisser ✻, commissaire de la marine, contrôleur.
Haligon O. ✻, chef de bataillon, directeur d'artillerie.
De Meynard ✻, capitaine de port à Fort-de-France.
Maissin, idem à Saint-Pierre.

GUYANE FRANÇAISE.

MM. Tardy de Montravel (O. ✻), capitaine de vaisseau, gouverneur.
Verand (O. ✻), commissaire de la marine, ordonnateur.
Favard ✻, directeur de l'intérieur.
Baudoin ✻, président de la cour impériale.
Ledoulx de Clatigny ✻, commissaire, contrôleur.
Thierry ✻, capitaine d'artillerie, chargé des fonctions de directeur.
Bellaize, lieutenant de vaisseau, capitaine de port à Cayenne.

SAINT-PIERRE ET MIQUELON.

MM. De la Roncière, commandant.
Gilbert-Pierre ✻, commissaire-adjoint, chef du service administratif.
Jore, sous-commissaire, contrôleur.
Ledret ✻, capitaine de port.

SÉNÉGAL ET DÉPENDANCES.

MM. Faidherbe (O. ✻), colonel du génie, gouverneur.
Stéphan ✻, commissaire de la marine, chef du service administratif.
Carrère ✻, président de la cour impériale.
Lhoumeau ✻, sous-commissaire, contrôleur.
N...., commandant supérieur de la marine.
Lafay ✻, chef de bataillon, directeur d'artillerie.
Fabre ✻, capitaine de port.

ÎLE DE GORÉE.

MM. Piuet-Laprade ❊, chef de bataillon du génie, commandant particulier.
De Cools ❊, commissaire-adjoint, chef du service.
Blanchard, sous-commissaire de la marine, contrôleur.
Jouga, maître de port.

ÉTABLISSEMENTS DE LA COTE D'OR ET DU GABON.

MM. Bosse (C. ❊), capitaine de vaisseau, commandant supérieur.
Martin, sous-commissaire de la marine, ordonnateur.

ÎLE DE LA RÉUNION.

MM. le baron Darricau (C. ❊), capitaine de vaisseau, gouverneur.
Desmazes ❊, commissaire de la marine, ordonnateur.
Manès ❊, directeur de l'intérieur.
Beret ❊, procureur général.
Gabrié ❊, commissaire de la marine, contrôleur.
Mazières, capitaine d'artillerie de marine, directeur.
Bridet, capitaine de port à Saint-Denis.
Lecocq, sous-commissaire, chef du service administratif à Saint-Paul.
Romieux, idem à Saint-Pierre.

MAYOTTE ET DÉPENDANCES.

MM. Morel (O. ❊), lieutenant-colonel d'infanterie de marine.
Bédier, sous-commissaire, chef du service administratif.
Caliste, capitaine de port.

NOSSI-BÉ.

M. Dupuis ✻, capitaine d'infanterie de marine, commandant particulier.

SAINTE-MARIE DE MADAGASCAR.

M. De la Grange ✻, lieutenant de vaisseau, commandant

ÉTABLISSEMENTS FRANÇAIS DE L'INDE.

M. Durand-d'Ubraye (C. ✻), commissaire général, gouverneur.

Pondichéry.

MM. Couerbe ✻, capitaine d'infanterie de marine, commandant de place.
Moras ✻, commissaire de la marine, chef du service administratif.
Ristelhueber (O. ✻), procureur général.
Hayes ✻, commissaire de la marine, contrôleur colonial.
Hostein ✻, capitaine de port.

Chandernagor.

M. Dubois de Jancigny ✻, chef du service.

Karikal.

M. Textor ✻, capitaine d'infanterie de marine, chef du service.

Mahé.

M. Conneau, chef du service.

Yanaon.

M. N. . . . , chef du service.

ÎLES MARQUISES.

MM. Saisset (C. ☼), capitaine de vaisseau, commissaire impérial aux îles de la Société.

Robert de Rougemont ☼, sous-commissaire, chef du service administratif.

TAÏTI.

M. Gauthier de la Richerie ☼, capitaine de frégate, commandant particulier.

NOUVELLE CALÉDONIE.

M. Durand ☼, chef de bataillon d'infanterie de marine, commandant particulier.

FÊTES TITULAIRES

Des communes de la Guadeloupe et dépendances.

---

19 Mars.	*St-Joseph*	Vieux-Habitants.
		Saint-Louis.
15 Avril.	*Quasimodo*	Petit-Canal.
14 Mai.	*Rogations*	Lamentin.
24 Juin.	*St-Jean-Baptiste.*	Baie-Mahault.
		Moule.
29 Juin.	*St-Pierre* et *St-Paul.*	Deshaies.
		Pointe-à-Pitre.
2 Juill.	*Visitation de N. D.*	Port-Louis.
16 Juill.	*N. D. du M.-C*	Basse-Terre.
26 Juill.	*Ste-Anne*	Goyave.
		Capesterre (M.-Galante)
		Sainte-Anne.
4 Août.	*St-Dominique*	Baillif.
7 Août.	*St-Albert*	Vieux-Fort.
15 Août.	*L'Assomption*	Pointe-Noire.
		Petit-Bourg.
		Trois-Rivières.
		Terre-de-Haut (Saintes).
		Désirade.
16 Août.	*St-Hyacinthe*	Capesterre.
25 Août.	*St-Louis.*	Bouillante.
		Gosier.
28 Août.	*St-Augustin*	Sainte-Claude.
30 Août.	*Ste-Rose*	Sainte-Rose.
4 Oct.	*St-François*	St-François (B.-Terre).
		Idem (Grande-Terre).
9 Oct.	*St-Denis*	Anse-Bertrand.
4 Nov.	*St-Charles*	Gourbeyre.
11 Nov.	*St-Martin*	Saint-Martin.
30 Nov.	*St-André*	Morne-à-l'Eau.
6 Déc.	*St-Nicolas*	Terre-de-Bas (Saintes).
8 Déc.	*La Conception*	Grand-Bourg.
		Abymes.

POPULATION DE LA GUADELOUPE

ET DÉPENDANCES.

ARRONDISSEMENT DE LA BASSE TERRE.

Premier canton.

Basse-Terre	9,469	
Saint-Claude	3,956	
Gourbeyre	2,189	
Vieux-Fort	828	
Baillif	2,584	
Vieux-Habitants	2,589	
Total		21,615

Deuxième canton.

Capesterre	6,163	
Trois-Rivières	3,580	
Goyave	1,127	
Saintes	1,304	
Total		12,174

Troisième canton.

Pointe-Noire	2,819	
Deshaies	703	
Bouillante	2,460	
Total		5,982

Quatrième canton.

Saint-Martin	2,779	
Total		2,779
Total de l'arrondissement		42,550

ARRONDISSEMENT DE LA POINTE-À-PITRE.

Cinquième canton.		
Pointe-à-Pitre	14,795	
Abymes	4,528	
Gosier	3,824	
Morne-à-l'Eau	4,011	
Total		27,158
Sixième canton.		
Lamentin	5,127	
Baie-Mahault	4,087	
Petit-Bourg	3,187	
Sainte-Rose	4,646	
Total		17,057
Septième canton.		
Port-Louis	3,441	
Petit-Canal	6,015	
Anse-Bertrand	4,204	
Total		13,660
Huitième canton.		
Moule	10,366	
Sainte-Anne	6,350	
Total		16,746
Neuvième canton.		
Saint-François	6,569	
Désirade	1,715	
Total		8,284
Total de l'arrondissement		82,905
ARRONDISSEMENT DE MARIE-GALANTE.		
Dixième canton.		
Grand Bourg	6,856	
Capesterre	3,575	
Saint-Louis	3,169	
Total de l'arrondissement		13,600
TOTAL GÉNÉRAL		139,055

GOUVERNEMENT DE LA GUADELOUPE

ET DÉPENDANCES.

M. **FREBAULT (C.-V.)** (C. ✻), colonel d'artillerie de la marine, *Gouverneur*.

M. **BONTEMPS** (O. ✻), commissaire général de la marine, *Ordonnateur*.

M. **DE RUTHYE-BELLACQ** ✻, *Directeur de l'Administration intérieure*.

M. **BAFFER** ✻, *Procureur général*.

M. **MARBOT** ✻, commissaire de la marine, *Contrôleur colonial*.

SECRÉTARIAT.

MM. Michaux, sous-commissaire de la marine, *Chef du Secrétariat du Gouvernement*.

Mollenthiel, écrivain de la marine.

ÉTAT-MAJOR.

MM. Delsaux ✻, capitaine d'artillerie de la marine, *chef d'état-major*.

Bégin, lieutenant d'infanterie de marine, *officier d'ordonnance*.

COMMANDEMENT ET ADMINISTRATION DES DÉPENDANCES.

MM. Cren ✻, chef de bataillon d'infanterie de la marine, *commandant particulier à Marie-Galante*.

Martin ✻, capitaine d'infanterie de la marine, *commandant particulier de la partie française Saint-Martin*.

CONSEIL PRIVÉ.

MM. le Gouverneur, président;
l'Ordonnateur ;
le Directeur de l'Intérieur ;
le Procureur général;
deux Conseillers privés titulaires ou suppléants;
le Contrôleur colonial;
le Secrétaire archiviste.

CONSEILLERS PRIVÉS.

MM. Lavollée ✻, Mollenthiel, } conseillers titulaires.
Négré, Rullier, } suppléants.
Bonnet ✻, conseiller privé honoraire.

SECRÉTARIAT.

MM. Michaux, sous-commissaire de la marine, secrétaire archiviste.
Sainval-Noël, écrivain de la marine, commis expéditionnaire.
Mollenthiel (Philippe), écrivain de la marine, *idem*.
Labarbe, huissier du conseil.

NOTA. La composition du Conseil privé n'admet à la fois que deux conseillers privés titulaires, suppléants, ou honoraires.

Dans les affaires ordinaires d'administration, le Conseil privé délibère en vertu des attributions qui lui sont conférées par l'ordonnance royale du 9 février 1827, constitutive du gouvernement des colonies françaises.

Lorsque le Conseil privé se constitue en conseil de contentieux administratif ou en commission d'appel, deux magistrats lui sont adjoints, et le Contrôleur colonial y remplit les fonctions de ministère public. Le mode de procéder devant ce Conseil est déterminé par l'ordonnance royale du 31 août 1828.

Dans les cas prévus par cette dernière ordonnance, quatre avocats désignés par le Gouverneur ont le droit exclusif de faire tous actes d'instruction et de procédure devant le Conseil.

MM. AVOCATS AU CONSEIL PRIVÉ.

Le Dentu, Lignières (Armand),
Payen, De Villeneuve (Adrien).

M. le Président du conseil de l'ordre des avocats aux conseils et à la cour de cassation, à Paris, est chargé de recevoir, en cas de défaut, les communications faites aux défendeurs dans les instances portées au Conseil d'État contre les décisions des conseils privés des colonies.

CONSEIL GÉNÉRAL.

Le Conseil général a été institué par le sénatus-consulte du 3 mai 1854. Ses attributions sont réglées par l'article 13 de cet acte. Il a été organisé par le décret impérial du 26 juillet 1854, promulgué dans la colonie le 28 août suivant.

Il est composé de 24 membres, dont 12 à la nomination du gouverneur et 12 à l'élection des conseils municipaux. Le président, le vice-président et les deux secrétaires sont nommés pour chaque session par le gouverneur, et choisis parmi les membres du conseil.

MEMBRES DU CONSEIL GÉNÉRAL.

MM. Barret.
Bonnet ✵.
Bonneville.
Boulogne.
Chauvel.
Chefdrue ✵.
Dormoy.
Favreau (Égide).
Jary.
Laurezac.

MM. Lavollée ✻.
Leger ✻.
Leterr. de Manneville.
Lignières ✻.
Mollenthiel.
Négré.
Partarrieu (S.-Germ.)

MM. Perriollat.
Picard.
De Poyen (Ernest).
Reizet (de).
Rousseau (Hippolyte).
Rullier.
Thionville.

ARCHIVISTE DU CONSEIL GÉNÉRAL.

M. Quintrie, Secrétaire général à la direction de l'intérieur.

DÉLÉGUÉ DU CONSEIL GÉNÉRAL AU COMITÉ CONSULTATIF DES COLONIES.

M. le comte de Bouillé ✻.

STATION DE LA MARINE LOCALE.

Bâtiments de la marine impériale affectés au service de la colonie.

L'aviso à vapeur *le Fulton*, de 160 chevaux, commandé par M. Huart ✻, lieutenant de vaisseau.

La goëlette *l'Hirondelle*, commandée par M. Goublet ✻, 1er maître de timonerie.

ÉVÊCHÉ DE LA BASSE-TERRE.

Mgr FORCADE (Théodore-Augustin) ✠, Prélat assistant au Trône pontifical, Comte Romain, etc, né à Versailles (Seine-et-Oise), le 2 mars 1816; nommé évêque de Samos *in partibus infidelium* et vicaire apostolique du Japon, le 27 mars 1846; sacré à Hong-Kong (Chine), le 21 février 1847; nommé évêque de la Basse-Terre par décret imperial du 6 avril 1853, préconisé le 12 septembre de la même année, a pris possession du siége épiscopal le 13 janvier 1854.

Par indult du 12 janvier 1860, Sa Sainteté a daigné accorder à Mgr l'Évêque et à ses successeurs à perpétuité le privilége insigne de se faire précéder dans le diocèse de la croix archiépiscopale.

VICAIRES GÉNÉRAUX.

Mgr Bellaunay, Camérier d'honneur de S. S., archidiacre de la Pointe-à-Pitre. MM. Maston, Miss. Apost., archidiacre de la Basse-Terre et de Marie-Galante.	Agréés par l'Empereur.

Dallier, ancien supérieur du grand séminaire et vicaire général de Versailles.

Guyot de Laval ✠, aumônier hon. de la flotte.

Lequette, vicaire général d'Arras.

Gaultier, directeur du séminaire du Saint-Esprit.

SECRÉTARIAT.

Beaugé, secrétaire

A. Mollenthiel, notaire.

CHANOINES EXPECTANTS,

Ou prêtres honorés de l'habit de chœur du chapitre à ériger, en vertu d'une autorisation spéciale accordée par N. T. S. P. le Pape à Mgr l'Évêque, en date du 9 janvier 1854.

MM. Les Vicaires généraux.

Les Archiprêtres.

MM. Brun, curé du Morne à-l'Eau.
Nicolaï, curé de Saint-Louis.
Touboulic, curé du Moule.
Le Bailly, curé des Saintes (Terre-de-Haut).
Madeuf, curé de Sainte-Anne.
Moisan, curé de Sainte-Rose.
Briend, curé de la Baie-Mahault.
Pondaven, curé de Saint-Claude.
Guillaume, curé de l'Anse-Bertrand.
Locke, curé de Saint-François (Grande-Terre).
Mouniq, supérieur du séminaire-collége.

CÉRÉMONIES DE LA CATHÉDRALE.

MM. Beaugé, premier maître.
Le Goff, second maître.

CONSEIL ÉPISCOPAL.

MM. Bellaunay, vicaire général.
Maston, *idem*.
Duthu, archiprêtre de la Basse-Terre.
Mouniq, supérieur du séminaire-collége.

OFFICIALITÉ.

MM. Bellaunay, official.
Maston, promoteur.
Beaugé, greffier.

FABRIQUE DE LA CATHÉDRALE.

MM. Bellaunay, vicaire général, *président*.
Fichet, président de la cour impériale.
Maston, vicaire général.
Duthu, archiprêtre de la cathédrale.
Blanchet, *trésorier*.
Cabre, *secrétaire*.
Mouniq, supérieur du séminaire-collége.

SÉMINAIRE DIOCÉSAIN.

Le séminaire du Saint-Esprit, à Paris, est le séminaire diocésain.

PETIT SÉMINAIRE-COLLÉGE.

MM. Mouniq, supérieur.
Latapie, directeur, préfet des études.
Dulmo, préfet de discipline.

Professeurs.

MM. Foucher.
Louage.
Malaquin.
Lacolley.
Le Goff.
Vichot.

MM. Caminade.
Bernard.
Kohlman.
Maisonnave.
James.
Émile Blanchet.

CLERGÉ PAROISSIAL.

ARCHIPRÊTRÉ DE LA BASSE-TERRE.

		MM.
Basse-Terre.	Saint-François. . . .	Duthu, archiprêtre. Pélisson, vicaire.
	Mont-Carmel.	Geoffroy, curé. Pitholat, vicaire.
	Hôpital militaire. . .	Durvand, aumôn.
	Hospice civil.	Lefèvre, *idem*.
	Pensionnat de Versailles.	Guyot, *idem*.
	Geôle.	Bordier, *idem*.
Saint-Claude	Saint-Augustin . . .	Pondaven, curé. Gardé, vicaire.
	Hôpital militaire. . .	Pondaven, aumôn.
Gourbeyre.		Pradel, curé.
Vieux-Fort		Mottet, *idem*.
Trois-Rivières.		Pluchon, *idem*. Angelier, vicaire.
Capesterre.		Souteyrand, curé. Chiron, vicaire.
Goyave		Dourthe, curé.
Baillif.		Abbal, *idem*.
Vieux-Habitants		Bouloz, *idem*.
Bouillante.		Périssé, curé.
Pointe-Noire.		Robert, curé. Fairier, vicaire.
Deshaies		Fardin, curé.

ARCHIPRÊTRÉ DE LA POINTE-A-PITRE.

		MM.
Pointe-à-Pitre.	Saint-Pierre et Saint-Paul..........	Causse, archiprêtre. Sicard, 1er vicaire. Carles, vicaire. Minoret, *idem*.
	Saint-Augustin.....	Belmont, curé.
	Hôpital militaire...	Beauvallet, aumôn.
	Hospice civil de Saint-Jules..........	Belmont, *idem*.
	Geôle............	Vial, *idem*.
Petit-Bourg....................		Marrec, curé. Demur, vicaire.
Baie-Mahault....................		Briend, curé. Delroz, vic. gérant Perrin, vicaire.
Lamentin....................		Laurencin, curé. Roque, vicaire.
Sainte-Rose....................		Moisan, curé. N...., vicaire.
Gosier....................		Le Fustec, curé. Fizelier, vicaire.
Sainte-Anne....................		Madeuf, curé. Morzières, vicaire.
Saint-François....................		Locke, curé. Lorine, vicaire.
Moule....................		Touboulic, curé. Dubouchet, vic. Dupanloup, *idem*. Guichard, *idem*.
Anse-Bertrand....................		Guillaume, curé. Terrade, vicaire.
Port-Louis....................		Granger, curé. Labbé, vicaire.
Petit-Canal....................		Ribbes, curé. Malroux, vicaire.
Morne-à-l'Eau....................		Brun, curé. Lorgeoux, vicaire.

	MM.
Abymes	Poujade, curé. Géomay, vicaire.
Asile Longval	Poujade, aumôn.

ARCHIPRÊTRÉ DE MARIE-GALANTE.

	MM.
Grand-Bourg	Cheux, archiprêtre. Surgès, vicaire. N...., *idem.*
Capesterie	Mamessier, curé. Vuillerme, vicaire.
Vieux-Fort (Saint-Louis)	Nicolai, curé.
Désirade	Pétrier, *idem.*
Léproserie de la Désirade	Balvay, aumônier.
Saintes (Terre-de-Haut)	Le Bailly, curé.
Hôpital militaire des Saintes et prison de l'Ilet-à-Cabri	Le Bailly, aumônier.
Saintes (Terre-de-Bas)	Crépy, curé p.i.
Marigot (île Saint-Martin)	Rolland, curé.
Grand-Case (*idem*)	N...., *idem.*
Gustavia (île Saint-Barthélemy)	Bally, *idem.*
L'Orient (*idem*)	Lecouturier, *idem.*

En congé pour France : MM. Gonellaz, Robert, Guéret.

SERVICES MILITAIRES.

CONSEIL DE DÉFENSE.

MM. Le Gouverneur, président.

L'Ordonnateur.

Le Commandant des forces navales.

Le Directeur d'artillerie.

Le Directeur du génie.

Ce Conseil est institué en vertu de l'ordonnance organique du 9 février 1827.

SERVICE DES PLACES.

MM.

Hurford ※, chef de bataillon d'infanterie de marine, commandant de place à la Pointe-à-Pitre.

Marchaisse ※, chef de bataillon d'infanterie de marine, commandant de place à la Basse-Terre.

Crosnier ※, capitaine, adjudant de place à la Basse-Terre.

DIRECTION DE L'ARTILLERIE.

MM.

De Gères ※, chef de bataillon d'artillerie de marine, directeur.

MM.

Léveillé, capitaine en premier, adjoint à la direction.

Mallat, capitaine en second, inspecteur d'armes.

Gilbert ✻, garde d'artillerie de deuxième classe.

Birette, contrôleur d'armes.

Lacroix, sous-chef ouvrier d'État.

Pillard, sergent-major, chef artificier.

Vergnolle ✻, sous-lieutenant commandant le détachement d'ouvriers.

MM. ÉTAT-MAJOR.

De Gères ✻, chef de bataillon, commandant les compagnies.

Leflécher, officier payeur.

SOUS-DIRECTION DU GÉNIE MILITAIRE.

MM.

Damiens ✻, chef de bataillon, sous-directeur des fortifications, Basse-Terre.

Henriet ✻, chef de bataillon, Pointe-à-Pitre.

Mélin ✻, capitaine, aux Saintes.

Dumoutier, capitaine, Basse-Terre (en congé).

Gaillard ✻, garde du génie de deuxième classe, Basse-Terre.

Schérer, garde du génie de deuxième classe, *idem*.

Châlons ✻ ✻, garde du génie de deuxième classe, Pointe-à-Pitre.

Carmichaël, conducteur de première classe, Basse-Terre.

Denizot, conducteur de quatrième classe, Pointe-à-Pitre.

MILICES.

Le Gouverneur, *Commandant général.*

M. Bouvet ✻, *lieutenant-colonel, Commandant supérieur.*

MM. De Chazelles, *capitaine des pompiers, officier d'ordonnance;* 28 nov. 1857.

De Friberg (Sébastien-Ernest), *sous-lieutenant de chasseurs, idem.* 16 mars 1858.

ARRONDISSEMENT DE LA GUADELOUPE.

PREMIÈRE DIVISION.

Division urbaine de la Basse-Terre.

M. Baudot (Paul) ✻, *chef de bataillon, chef principal de division;* 5 octobre 1852.

Le même, *commandant de quartier;* 4 mai 1846.

Basse-Terre.

MM. ÉTAT-MAJOR.

Mollenthiel (G.), *sous-lieut. trésorier;* 25 janv. 1858.
Cabre (Colbert), *chirurgien-major;* 12 décemb. 1857.
Lorrillard, *chirurgien aide-major;* 12 décemb. 1857.

MM. 1re Compagnie de Pompiers.

Siméon Vital, *capitaine;* 16 juillet 1859.
Rousseau (Arthur), *lieutenant;* 16 juillet 1859.
Larrieux (Daniel), *sous-lieutenant;* 16 juillet 1859.

MM. 2e Compagnie de Pompiers.

Martin (Nicolas-Dominique), *capitaine;* 15 déc. 1857.
Péborde, *lieutenant;* 15 déc. 1857.
Métro (Médouze-Monlouis) *sous-lieuten.;* 15 déc. 1857.

MM. Chasseurs à cheval.

Brou (Ferdinand), *capitaine;* 16 octobre 1857.
Ravel (Edgard), *lieutenant;* 22 août 1859.
Colardeau (Clément), *sous-lieutenant;* 22 août 1859.

Saint-Claude.

M. Amé-Noël (François-Joseph), *capitaine commandant de quartier;* 18 novemb. 1857.

MM. ÉTAT-MAJOR.

Lavergneau (L.-Ithier); *s.-lieut. trésorier;* 1er fév. 1858.
N......., *chirurgien aide-major.*

MM. Pompiers.

N...., *capitaine;*
Lignières (Pierre-Simon), *lieutenant;* 18 novemb. 1857.
Écotière (Charles-Amédée), *sous-lieutenant;* 3 sept. 1858

MM. Chasseurs à cheval.

Amé-Noël (François-Joseph), *capitaine;* 18 nov. 1857.
N......., *lieutenant.*
Silly de Vipart, *sous-lieutenant;* 30 juillet 1858.

Baillif.

M. Duflo (St-Val), *capit. comm. de quartier;* 18 nov. 1857

MM. ÉTAT-MAJOR.

Marsolle (Ulysse), *s.-lieutenant trésorier;* 1er fév. 1858.
N......, *chirurgien aide-major.*

MM. Pompiers.

N......., *capitaine.*
Sollier Billery (Alcide), *lieutenant;* 18 novemb. 1857.
Soret (Nicolas), *sous-lieutenant;* 19 juillet 1858.

MM. Chasseurs à cheval.

Duflo (Saint-Val), *capitaine;* 18 novem. 1857.
Dorçay (Champagne), *lieutenant;* 21 septemb. 1858.
De Friberg (Sébastien-Ernest), *s.-lieuten;* 16 mars 1858

Gourbeyre.

M. Longneteau (Henri), *capitaine commandant de quartier;* 18 novemb. 1857.

MM. ÉTAT-MAJOR.

Bondoute (Volcy), *s.-lieutenant trésorier;* 1er fév. 1858.
N......., *chirurgien aide-major.*

MM. Pompiers.

Nelson (Joseph), *capitaine;* 12 février 1858.
Quillet (Pierre-André-Cyrus), *lieutenant;* 12 fév. 1858.
Galéan (Mondésir de), *sous-lieutenant;* 12 février 1858.

Chasseurs à cheval.

Longueteau (Henri), *capitaine;* 18 novemb. 1857.
N......., *lieutenant.*
N......., *sous-lieutenant.*

DEUXIÈME DIVISION.

Division du Sud.

M. Tavernier (Félix-Théodore), *chef de bataillon, chef principal de division;* 22 septemb. 1857.

Goyave.

M. Martial (Gabriel-Pierre-Bouillon), *capitaine commandant de quartier;* 13 janvier 1858.

MM. ÉTAT-MAJOR.

N......., *sous-lieutenant trésorier.*
N......., *chirurgien aide-major.*

MM. Pompiers.

Martial (Gab.-P.-Bouillon), *capitaine;* 13 janvier 1858.
Martial (René-Saint-Val), *lieutenant;* 18 novemb. 1857.
N......., *sous-lieutenant.*

MM. Chasseurs à cheval.

N......., *capitaine.*
N......., *lieutenant.*
Saint-Val Martial, *sous-lieutenant;* 30 décemb. 1857.

Capesterre.

M. Tavernier (Félix-Théodore), *chef de bataillon commandant de quartier;* 22 septemb. 1857.

MM. ÉTAT-MAJOR.

Bouscaren (Léo), *sous-lieuten. trésorier;* 18 nov. 1857.
Banon, *chirurgien aide-major;* 18 nov. 1857.

MM. Pompiers.

Étienne (Faustin), *capitaine;* 18 novemb. 1857.
N......., *lieutenant.*
Nelli (Auguste), *sous-lieutenant;* 13 janvier 1858.

MM. Chasseurs à cheval.

N......, *capitaine.*
Philippe (Pierre-Charles), *lieutenant;* 10 mars 1859.
Guérin (Léo), *sous-lieutenant;* 10 mars 1859.

Trois-Rivières.

M. Adnesse (J.-B.), *capitaine commandant de quartier;* 20 août 1858.

MM. ÉTAT-MAJOR.

Rouve de Moyencourt (Félix), *sous-lieutenant trésorier;* 18 novemb. 1857.
Geoffroy (Aug.-Louis-Pascal), *aide-major;* 28 juin 1858

MM. Pompiers.

Adnesse (J.-B.), *capitaine;* 20 août 1858.
N......., *lieutenant.*
Dérussy (Léopold), *sous-lieutenant;* 4 décemb. 1858.

MM. Chasseurs à cheval.

N......., *capitaine.*
De Bouglon (J.-Marie-Ferdinand), *lieut.;* 16 oct. 1858.
D'Hénault de Belleville (Gaspard-Charles-Marie), *sous-lieutenant;* 30 décemb. 1857.

Vieux-Fort.

M. Marceau, *capit. comm. de quartier;* 13 janv. 1858.

MM. ÉTAT-MAJOR.

Delannay (Louis-Simon), *s.-lieut. trésorier;* 27 févr. 1858.
N......., *chirurgien aide-major.*

MM. Pompiers.

N......., *capitaine.*
Maillon (Louis), *lieutenant;* 18 novemb. 1857.
N......., *sous-lieutenant.*

Chasseurs à cheval.

N . . . ., *capitaine.*
N . . . ., *lieutenant.*
N . . . ., *sous-lieutenant.*

TROISIÈME DIVISION.

Division de l'Ouest.

M. Douënel (Benoît-d'Herly), *chef de bataillon, chef principal de division;* 10 septembre 1858.

Deshaies.

M. Parny, *capitaine command. de quartier;* 20 janv. 1858.

MM. ÉTAT-MAJOR.

Capdestaing (Pierre), *s.-lieuten. trésor.;* 11 octob 1858.
N . . . ., *chirurgien aide-major.*

MM. Pompiers.

N . . . ., *capitaine.*
Mongars (P-Monrose), *lieutenant;* 18 novemb. 1857.
Modeste (Eustache), *sous-lieutenant;* 15 décemb. 1857.

MM Chasseurs à cheval.

Parny, *capitaine;* 20 janvier 1858.
N . . . ., *lieutenant.*
N . . . ., *sous-lieutenant.*

Bouillante.

M. Douënel (Benoît-d'Herly), *chef de bataillon commandant de quartier;* 25 janvier 1858.

MM. ÉTAT-MAJOR.

Dagoumel*(Césaire), *s.-lieutenant trésor.;* 29 avril 1858.
N . . . . . ., *chirurgien aide-major.*

MM. Pompiers.

N . . . ., *capitaine.*
Humbert (Joseph), *lieutenant;* 18 novemb. 1857.
Elin (Octave), *sous-lieutenant.* 15 févr. 1859.

MM. Chasseurs à cheval.

N . . . ., *capitaine.*
Ducasse (Jean-Baptiste), *lieutenant;* 28 juin 1858.
N . . . ., *sous-lieutenant.*

Pointe-Noire.

M. Millard (Pierre-Jean-Jubly), *capitaine commandant de quartier;* 23 sept. 1858.

MM. ÉTAT-MAJOR.

Gascon (J.-Marie-Jules) *s.-lieuten. trésor.;* 11 oct. 1858
Jeanty, *chirurgien aide-major;* 6 févr. 1859.

MM. Pompiers.

Millard (P.-J.-Jubly), *capitaine;* 23 septemb. 1858.
N......., *lieutenant.*
Daniel-Desplan, *sous-lieutenant;* 31 décemb. 1858.

MM. Chasseurs à cheval.

N......., *capitaine.*
N......., *lieutenant.*
Lesueur (Jean-Baptiste), *sous-lieutenant;* 22 août 1859.

Vieux-Habitants.

M. Fréjus (Mathurin-Noël), *capitaine commandant de quartier;* 8 janv. 1859.

MM. ÉTAT-MAJOR.

Poulain (J.-B.-Arthur), *s.-lieut. trésorier;* 25 janv. 1858.
N......., *chirurgien aide-major.*

MM. Pompiers.

Fréjus (Mathurin-Noël), *capitaine;* 8 janv. 1859.
Rollin (Adolphe), *lieutenant;* 16 juin 1859.
Hoguet (Achillas), *sous-lieutenant;* 14 juillet 1859

MM. Chasseurs à cheval.

Bouvier de Cachard (Ferdinand), *capitaine;* 20 janv. 1858.
Labique (Saint-Val), *lieutenant;* 3 juin 1859.
Hoguet (Dorilas), *sous-lieutenant;* 3 juin 1859.

QUATRIÈME DIVISION.

Division du Nord-Ouest.

M. Darasse ✵, *chef de bataillon, chef principal de division;* 23 mai 183[illegible].

Sainte-Rose.

M. Saint-Prix Taillandier, *capitaine commandant de quartier;* 28 novembre 1857.

MM. ÉTAT-MAJOR.

N......., *sous-lieutenant trésorier.*
Pierre Charles, *chirurgien aide-major;* 1856.

MM. Pompiers.

N......., *capitaine.*
Coureau (Clément), *lieutenant;* 15 décembre 1857
Élizée (Gustave), *sous-lieutenant.* 16 avril 1859.

MM. Chasseurs à cheval.

Saint-Prix Taillandier, *capitaine;* 28 novembre 1857.
N......., *lieutenant.*
Déjean (Jérôme), *sous-lieutenant.* 10 mars 1859.

Lamentin.

M. Darasse ✵, *chef de bataillon commandant de quartier;* 23 mai 1836.

MM. ÉTAT-MAJOR.

Lapierre, *sous-lieutenant trésorier;* 29 juin 1854.
Diavet (Auguste), *chirurgien aide-major;* 3 avril 1857.

MM. Pompiers.

Baimbridge (Jean-Marie), *capitaine;* 4 janvier 1858.
Osmond (Delphin), *lieutenant;* 18 novembre 1857.
N......., *sous-lieutenant.*

MM. Chasseurs à cheval.

Darasse (Joseph), *capitaine;* 23 août 1849.
Duportail (Alexandre), *lieutenant;* 21 sept. 1858.
Noüy (Auguste), *sous-lieutenant;* 21 sept. 1858.

Baie-Mahault.

M. Descamps (Auguste), *capitaine commandant de quartier;* 28 novembre 1857

MM. ÉTAT-MAJOR.

N......., *sous-lieutenant trésorier.*
Félix de Lacroix, *chirurgien aide-major;* 16 déc. 1849.

MM. Pompiers.

N......., *capitaine.*
Girardeau (Charles), *lieutenant;* 18 novembre 1857.
Désir (Ferdinand), *sous-lieutenant.* 10 décemb. 1859.

MM. Chasseurs à cheval.

Descamps (Auguste), *capitaine;* 28 novembre 1857.
Degazon (Roulet), *lieutenant;* 28 novembre 1857.
Gaussin (Charles), *sous-lieutenant;* 28 novembre 1857.

Petit-Bourg.

M. Henry de Bonneuil, *capitaine commandant de quartier;* 1er mai 1830.

MM. ÉTAT-MAJOR.

N......., *sous-lieuten. trésorier.*
N......., *chirurgien aide-major.*

MM. Pompiers.

Eugène Laurent, *capitaine;* 12 février 1858.
Rozelly (Valcourt), *lieutenant;* 12 février 1858.
Boyer (Eugène de), *sous-lieutenant;* 12 février 1858.

MM. Chasseurs à cheval.

Henry de Bonneuil, *capitaine;* 1er mai 1830.
N......, *lieutenant.*
Bragelongne de Berlange, *sous-lieut.* 7 juillet 1859.

ARRONDISSEMENT DE LA GRANDE-TERRE.

CINQUIÈME DIVISION.

Division urbaine de la Pointe-à-Pitre.

Pointe-à-Pitre.

M. N....., *chef de bataillon, chef principal de division, command. de quartier à la P.-à-Pitre;*

MM. ÉTAT-MAJOR.

N....., *capitaine adjudant-major;*
Bosc (Laurent), *s.-lieuten. porte-drapeau;* 18 nov. 1857.
Laloge (Auguste), *s.-lieuten. trésorier;* 18 nov. 1857.
L'Herminier, *chirurgien-major;* 13 avril 1858.
Jouannet, *chirurgien aide-major;* 13 avril 1858.
Ferret (Napoléon), *s.-lieut. chef de musique;* 22 août 1858

MM. 1re Compagnie de Pompiers.

Manot (Pierre), *capitaine;* 18 novembre 1857.
N....., *lieutenant;*
Robert (René-Claude), *sous-lieutenant;* 18 novemb. 1857.

MM. 2e Compagnie de Pompiers.

Leger (Alexis), *capitaine;* 18 novembre 1857.
N......., *lieutenant;*
Champy (J.-Louis-Barnabé-Félix), *s.-lieut.;* 18 nov. 1857.

MM. Chasseurs à cheval.

Barzilay (Alexandre), *capitaine;* 21 sept. 1858.
N......., *lieutenant.*
Lafontanié (Émile), *sous-lieutenant;* 13 avril 1858.

Abymes.

M. Pasturin (Tomy), *cap. comm. de quart.;* 4 mars 1858.

MM. ÉTAT-MAJOR.

N......., *sous-lieutenant trésorier.*
Loyseau, *chirurgien aide-major.* 13 avril 1858.

MM. Pompiers.

Pasturin (Tomy), *capitaine;* 4 mars 1858.
N......., *lieutenant.*
N......., *sous-lieutenant.*

MM. Chasseurs à cheval.

N......., *capitaine.*
Celleron (P.-M.-Amédée), *lieutenant;* 4 mars 1858.
David (C.-Magl.-Henri), *sous-lieutenant;* 4 mars 1858.

SIXIÈME DIVISION.

Division du Nord.

M. Pouzolz (Eugène), *chef de bataillon, chef principal de division;* 11 février 1858.

Anse-Bertrand.

M. Budan (Ch.), *capit. command. de quart.;* 23 oct. 1858.

MM. ÉTAT-MAJOR.

Ruillier (Hippolyte), *s.-lieutenant trésor.;* 23 oct. 1858.
N......., *chirurgien aide-major.*

MM. Pompiers.

N......., *capitaine.*
Simonnet (Louis), *lieutenant;* 12 février 1858
Ruillier (Félix), *sous-lieutenant;* 12 février 1858.

MM. Chasseurs à cheval.

Budan (Charles), *capitaine;* 23 oct. 1858.
Bullock, *lieutenant;* 23 oct. 1858.
Desbonne (Léo), *sous-lieutenant.;* 23 oct. 1858.

Port-Louis.

M. Pouzolz (Eugène), *chef de bataillon, commandant de quartier;* 11 février 1858.

MM. ÉTAT-MAJOR.

Sénac (H.), *sous-lieutenant trésorier;* 23 avril 1858.
De Poyen (Gustave), *chirurg. aide-major;* 12 déc. 1857.

MM. Pompiers.

Messin (Xavier), *capitaine;* 27 févr. 1858.
Souques (And.-J.-Emman.), *lieutenant;* 27 févr. 1858.
Sénac (Joseph), *sous-lieutenant;* 27 févr. 1858.

MM. Chasseurs à cheval.

N......., *capitaine.*
Pichon, *lieutenant;* 1er mars 1858.
Laclémandière (Ajax), *sous-lieutenant;* 1er mars 1858.

Petit-Canal.

M. Bullock de Gaugy (Henri), *capitaine commandant de quartier;* 2 oct. 1858.

MM. ÉTAT-MAJOR.

De Commarque, *s.-lieutenant trésorier;* 18 févr. 1859.
Raymond, *chirurgien aide-major;* 30 décembre 1857.

MM. Pompiers.

N......., *capitaine.*
Émile Guillaume, *lieutenant;* 19 juin 1858.
N......., *sous-lieutenant.*

MM. Chasseurs à cheval.

Bullock de Gaugy (Henri), *capitaine;* 2 oct. 1858.
Auril (Victor), *lieutenant;* 18 février 1859.
Barbotteau (Étienne), *sous-lieutenant.* 18 février 1859.

SEPTIÈME DIVISION.

Division urbaine du Moule.

M. De Bragelongne d'Engenville, *chef de bataillon, chef principal de division, commandant de quartier au Moule;* 22 juin 1859.

Moule.

MM. ÉTAT-MAJOR.

Ducuron, *sous-lieutenant trésorier;* 6 janvier 1850.
De Poyen, *chirurgien major;* 30 juillet 1858.
N......., *chirurgien aide-major.*

MM. Pompiers.

Portier (Philippe), *capitaine;* 15 décemb. 1857.
Laulhère (Jean), *lieutenant;* 15 décemb. 1857.
Gazin (Aug.-Lowinski), *sous-lieuten.;* 15 décemb. 1857.

MM. Chasseurs à cheval.

De Bragelongne Versigny, *capitaine;* 29 juillet 1859.
Magnaval (Léonard-Delphin), *lieuten.;* 29 juillet 1859.
Guyot (Jean-François-Olive), *sous-lieut.;* 29 juillet 1859.

Morne-à-l'Eau.

M. N......, *cap., comm. de quart.;*

MM. ÉTAT-MAJOR.

Henri Pierre, *sous-lieutenant trésorier;* 16 juin 1858.
N......., *chirurgien aide-major.*

MM. Pompiers.

N......, *capitaine;*
N.. ...., *lieutenant.*
Le Maréchal, *sous-lieuten.;* 31 août 1859

MM. Chasseurs à cheval.

N......., *capitaine.*
N ......, *lieutenant.*
N......., *sous-lieutenant.*

HUITIÈME DIVISION.

Division de l'Est.

M. Petit Lebrun (Philippe-Auguste), *chef de bataillon, chef principal de division;* 28 décembre 1848.

Saint-François.

M. Vezoux, *capitaine comm. de quartier;* 28 nov. 1857.

MM. ÉTAT-MAJOR.

Corot (Eugène), *sous-lieutenant trésorier;* 18 nov. 1857.
Gaultier (Félix), *chirurgien aide-major;* 28 juin 1858.

MM. Pompiers.

Ledœuf aîné, *capitaine;* 18 novemb. 1857.
Valleton (Louis), *lieutenant;* 18 décemb. 1857.
Dénous (Ernest), *sous-lieutenant;* 18 décemb. 1857.

MM. Chasseurs à cheval.

Vezoux, *capitaine;* 28 novembre 1857.
Pombiray (Amédée), *lieutenant;* 28 juin 1858.
N......., *sous-lieutenant.*

Sainte-Anne.

M. Petit Lebrun, *chef de bataillon commandant de quartier;* 28 décembre 1848.

MM. ÉTAT-MAJOR.

De Surgy (Édouard), *s.-lieutenant trésorier;* 18 juin 1856
De Massias de Bonne (L.-M.-A.), *chirurgien aide-major;* 19 mai 1858.

MM. Pompiers.

De Chazelles (Adolphe), *capitaine;* 28 novemb. 1857.
French (Eug.), *lieutenant;* 4 janvier 1858.
Jean-Louis jeune, *sous-lieutenant;* 4 janvier 1858.

MM. Chasseurs à cheval.

Dagomel (Anthénor), *capitaine;* 20 oct. 1857.
N......., *lieutenant.*
Néron de Surgy (Alexandre), *sous-lieutent.;* 30 déc. 1857.

Gosier.

M. Couppé de K/visiou (Ch.-Ant.), *capitaine commandant de quartier;* 28 novembre 1857.

MM. ÉTAT-MAJOR.

Blanchet (Auguste), *s.-lieut. trésorier;* 28 novemb. 1857.
N . . . . , *chirurgien aide-major.*

MM. Pompiers.

N . . . ., *capitaine.*
Lemoy (Justinien), *lieutenant;* 15 décembre 1857.
Malendure (Auguste), *sous-lieutenant;* 15 décemb. 1857.

MM. Chasseurs à cheval.

Couppé de K/visiou (C.-Ant.), *capitaine;* 28 nov. 1857.
Vincent (Jean-Baptiste), *lieutenant;* 28 novemb. 1857.
Labarrière (Henri), *sous-lieutenant;* 28 novemb. 1857.

NEUVIÈME DIVISION.

Division de Marie-Galante.

M. Cren ✠, *commandant particulier, chef principal de division.*

Grand-Bourg

M. Raiffer (Camille), *chef de bataillon commandant de quartier,* 28 novemb. 1857.

MM. ETAT-MAJOR.

Blancat, *sous-lieutenant trésorier;* 18 novemb. 1857.
Lauriat (Ernest), *chirurg. aide-major;* 1er juillet 1840.

MM. Pompiers.

Bielle (Emmanuel), *capitaine;* 25 mars 1858.
Seymour (Germain), *lieutenant;* 27 févr. 1858.
Sébastien (C.-L.-E.), *sous-lieutenant;* 27 févr. 1858.
Cousse (Auguste), *s.-lieuten. en second;* 12 févr. 1858.

MM. Chasseurs à cheval.

Houëlche ✠, *capitaine;* 16 juin 1849.
Arthur de Retz, *lieutenant;* 28 juin 1859
Bonnet (Hildevert), *sous-lieutenant;* 28 juin 1859.

Capesterre.

M. Boulogne-Beaulieu, *capitaine commandant de quartier;* 28 novemb. 1857.

MM. ÉTAT-MAJOR.

N......., *sous-lieutenant trésorier.*

Pélissié de Montémont, *chirurg. aide-maj.;* 23 oct. 1858.

MM. Pompiers.

N......., *capitaine.*

Rives (Saint-Cyr), *lieutenant;* 18 novemb. 1857.

N......., *sous-lieutenant.*

MM. Chasseurs à cheval.

Boulogne Beaulieu, *capitaine;* 28 novemb. 1857

N......., *lieutenant.*

N......., *sous-lieutenant.*

Saint-Louis.

M. Vergé (C.-J.), *capit. comm. de quartier;* 1er oct. 1858.

MM. ÉTAT-MAJOR.

N......., *sous-lieutenant trésorier.*

N......., *chirurgien aide-major.*

MM. Pompiers.

Vergé (C.-J.), *capitaine;* 1er oct. 1858.

N......., *lieutenant.*

Thévenin (Claude), *sous-lieutenant;* 4 janvier 1858.

MM. Chasseurs à cheval.

N......., *capitaine.*

Roussel Bonneterre, *lieutenant;* 28 novemb. 1857

Lapalun-Lacavé (Fidélis), *s.-lieutenant;* 29 sept. 1858

Saintes.

M. Thomas (Ernest), *capitaine commandant de quartier;* 28 novemb. 1857.

MM. ÉTAT-MAJOR.

N......., *sous-lieutenant trésorier.*

N......., *chirurgien aide-major;*

Terre-de-Haut.

MM. Pompiers (1re section).

Thomas (Benoit-Ernest), *capitaine;* 28 novemb. 1857.

N......., *lieutenant.*

Thomas (Jules), *sous-lieutenant;* 4 janvier 1858.

MM. Terre-de-Bas (2e section).

Houëlche (Osmin), *lieutenant;* 18 novemb. 1857.
Raymond (Gabriel), *sous-lieutenant;* 4 janvier 1858.

Désirade.

M. Maston (Jean-Baptiste), *capitaine commandant de quartier;* 28 novemb. 1857.

MM. ÉTAT-MAJOR.

N......., *sous-lieutenant trésorier.*
Crocquet, *chirurgien aide-major;* 20 janvier 1858.

MM. Pompiers.

Maston (J.-B.), *capitaine;* 28 novemb. 1857.
N........, *lieutenant.*
Locquet (Ls-Zéphirin), *sous-lieutenant;* 4 janvier 1858.

DIXIÈME DIVISION.

Division de Saint-Martin.

M. Martin ✠, *commandant particulier chef principal de division.*

Marigot.

M. Morel de La Colombe, *capitaine commandant de quartier;* 29 avril 1858.

MM. ÉTAT-MAJOR.

Relion (Pierre), *sous-lieutenant trésorier;* 18 nov. 1857.
Allaway, *chirurgien aide-major.*

MM. Pompiers.

Morel de La Colombe, *capitaine;* 18 novemb. 1857.
N........, *lieutenant*
Giroux (Édouard), *sous-lieutenant;* 20 janvier 1858.

MM. Chasseurs à cheval.

N.........., *capitaine.*
N.........., *lieutenant.*
Richardson (William), *sous-lieutenant;* 28 mars 1859

MM. GENDARMERIE COLONIALE.

Commin ✵, chef d'escadron, commandant, Basse Terre.

Regnault ✵, capitaine, commandant l'arrondissement, Basse-Terre (en congé).

Solleville ✵, lieutenant, *idem*, Pointe-à-Pitre.

Labro ✵, lieutenant trésorier, Basse-Terre.

Robardey, maréchal des logis, adjoint au trésorier à la Basse-Terre.

BRIGADES A CHEVAL.

Basse-Terre.	MM. Bourget ✵, maréc. des logis chef
Idem.	Lesevennet ✵, brigadier.
Camp-Jacob.	Fraisse ✵, brigadier.
Baillif.	Guillon, idem.
Vieux-Habitants.	Magnenoz, maréchal des logis.
Bouillante.	Bouteille, brigadier.
Pointe-Noire	Doneau, brigadier.
Trois-Rivières	Bailly, idem.
Capesterre.	Boriès, idem.
Goyave.	N......
Deshaies.	N......
Saint-Martin.	Griffon, idem.
Pointe-à-Pitre.	Deffès, maréchal des logis.
Idem.	N......
Gosier.	N......
Sainte-Anne.	Milon, maréchal des logis.
Saint-François.	Royer, brigadier.
Moule.	Bernard, maréchal des logis.
Anse-Bertrand.	Dubois, brigadier.
Port-Louis.	Cochez ✵ ✵, maréc. des logis.
Petit-Canal.	Magnin ✵, brigadier.

	MM.
Morne-à-l'Eau.	Guinaud ✠, maréchal des logis
Abymes.	N........
Baie-Mahault.	N........
Lamentin.	Fauchey, brigadier.
Sainte-Rose.	Bichat ✠, idem.
Petit-Bourg.	Petit-Genet, brigadier.
Grand-Bourg	Perrin, maréchal des logis.
Capesterre (Me-Galante).	Fatelet, brigadier.
Saint-Louis.	N.....

BRIGADES A PIED.

		MM.
Pointe-à-Pitre.	1re Brigade	Bouëffard, maréchal des logis.
	2e idem.	Pérot, brigadier.
Basse-Terre.	3e idem.	Ayraud, idem.
Saintes.		N......

RÉGIMENT D'ARTILLERIE DE MARINE.

MM. ÉTAT-MAJOR.

De Gères ✳, chef de bataillon, commandant les compagnies.

Leflécher, officier payeur.

Septième Compagnie.

MM. Lestrohan, capitaine en premier.
Mallat, capitaine en second.
Cardot ✠, lieutenant en premier.
Bailly, sous-lieutenant.

Deuxième Compagnie

MM. Laurent, capitaine en premier.
Legrix, capitaine en second.
Marmier, lieutenant en premier.
Gréhan, sous-lieutenant.

COMPAGNIE D'OUVRIERS DU GÉNIE.

MM. Maréchal ✱, capitaine en premier.
Michel, lieutenant en premier.
Fournier, lieutenant en second,

2e RÉGIMENT D'INFANTERIE DE LA MARINE.

Portion stationnée à la Guadeloupe.

ÉTAT-MAJOR.

MM. Bouvet ✱, lieut.-colonel, commandant.
Hurford ✱, chef de bataillon.
Marchaisse ✱, chef de bataillon.
Vermot ✱, capitaine major.
Deproit ✱, capitaine adjudant-major.
Ruillier ✱, capitaine adjudant-major.
Lantenois, lieutenant officier d'habillement.
Lefloch, sous-lieutenant officier payeur.
Bigot ✱, chirurgien aide-major.
Longueteau ✱, chirurgien aide-major.

CAPITAINES.

MM. Ladrière (O. ✱). André ✱. Lebrun ✱. Stahl ✱.
MM. Bossant. Delisle. Petit ✱. Poulet.

LIEUTENANTS.

MM. Jandard ✱. Hachon. Forest. Bourrée.
MM. Picard. Braquet. Maurial. Bégin.

SOUS-LIEUTENANTS.

MM. Margry. Laurent. Sorel. Lefloch. Hilaire.
MM. François. Symphor. Jantet. Vabois.

JUSTICE MILITAIRE.

PREMIER CONSEIL DE GUERRE.

MM. *Pointe-à-Pitre.*

Hurford ✱, chef de bataillon d'infanterie de marine, président.

Heuriet ✱, chef de bataillon du génie, juge.

Lebrun ✱, capitaine d'infanterie, *idem.*

Poulet, capitaine d'infanterie, *idem.*

Bourrée, lieutenant d'infanterie, *idem.*

Sorel, sous-lieutenant d'infanterie, *idem.*

MM.

Deville, sergentd'artillerie de marine, juge.

Cornillot, sous-commissaire, commissaire impérial.

Deproit ❋, capitaine adjudant-major d'infanterie, rapporteur.

Véquaud, sergent-major d'infanterie de marine, greffier.

DEUXIÈME CONSEIL DE GUERRE.

MM. *Basse-Terre.*

Marchaisse ❋, chef de bataillon d'infanterie, président.

Damiens ❋, chef de bataillon du génie, juge.

Vermot, capitaine major d'infanterie, *idem*.

André ❋, capitaine d'infanterie, *idem*.

Hachon, lieutenant d'infanterie, *idem*.

Lefloch, sous-lieutenant d'infanterie, *idem*.

Viala, adjudant sous-officier d'artillerie de marine, *idem*.

Crosnier ❋, capitaine adjudant de place, commissaire impérial.

Guyenot, sergent-major d'infanterie de marine, greffier.

Ruillier ❋, capitaine adjudant-major d'infanterie, rapporteur.

CONSEIL DE RÉVISION.

MM. *Basse-Terre.*

Bouvet ❋, lieut.-colonel d'infanterie, président.

De Gères ❋, chef de bataillon d'artillerie, juge.

Commin ❋, chef d'escadron de gendarmerie, *idem*.

Beucher, sous-commissaire de la marine, commissaire impérial.

Lemoine, sergent d'infanterie de marine, greffier.

ADMINISTRATION DE LA MARINE.

M. **BONTEMPS** (O. ✳), commissaire général de la marine, Ordonnateur

L'Ordonnateur est chargé, sous les ordres du Gouverneur, de l'administration de la marine, de la guerre et du trésor; de la direction des travaux de toute nature payables sur le budget de l'État, de la comptabilité spéciale des dépenses inscrites au même budget, et de la surveillance générale de la comptabilité des autres services.

CORPS DU COMMISSARIAT DE LA MARINE.

COMMISSAIRE-ADJOINT DE PREMIÈRE CLASSE.

M. Costet ✳.

COMMISSAIRES-ADJOINTS DE DEUXIÈME CLASSE.

MM. Dérussat ✳ (annoncé).
Mazé ✳ (en congé).

SOUS-COMMISSAIRES DE PREMIÈRE CLASSE.

MM. Beucher ✳;
Cornillot (Contrôle colonial);
Laborde ✳;
Richard de Chicourt (Direction de l'Intérieur);
Galéan (De).

SOUS-COMMISSAIRES DE DEUXIÈME CLASSE.

MM. Delrieu;
Ventre de Latouloubre;
Michaux (Secrétariat du Gouvernement.)
Deville de Périère;
De Chicourt (Octave);

AIDES-COMMISSAIRES.

MM. Irasque;
Feutray;
Huc;
Mussard Duchaudy (Contrôle);
Pageot des Noutières (annoncé);
Lacour;
Le Guay;
Cariot.

COMMIS ENTRETENUS.

MM. Coquille;
Gaveau (Direction de l'Intérieur);
Diftot;
Monlouis;
Champy.

BUREAUX DU COMMISSARIAT DE LA MARINE

BASSE-TERRE.

Secrétariat de M. l'Ordonnateur.

M. Deville de Périère, sous-commissaire, *chef.*

Revues.

M. Beucher ✻, sous-commissaire, *chef.*

Armements et inscription maritime.

M. Ventre de Latouloubre, sous-commissaire, *chef.*

MM. *Approvisionnements, Travaux, etc.*

De Galéan, sous-commissaire, *chef.*
Cariot, aide-commissaire.
Coquille, commis de marine.

Magasin général.

M. Hue, aide-commissaire, *garde magasin.*

Hôpitaux.

M. Beucher ✱, sous-commissaire, *chef.*

MM. *Fonds.*

Delrieu, sous-commissaire, *chef.*
Monlouis, commis de marine.

POINTE-A-PITRE.

MM.
Costet ✱, commissaire-adjoint, *chef du service maritime.*
Champy, commis de marine.

Magasin.

M. Irasque, aide-commissaire, *sous-garde magasin.*

MOULE.

M. De Chiconrt (Octave), sous-commissaire, *chef du service maritime.*

MARIE-GALANTE.

M. Laborde ✱, sous-commissaire, *chef du service maritime.*

SAINT-MARTIN.

M. Lacour, aide-commissaire, *chef du service maritime.*

SAINTES.

M. Feutray, aide-commissaire, *chef du service maritime.*

SERVICE DES PORTS.

MM. Basse-Terre.

Vigneux ✠, capitaine de port.

Michineau, maître de port.

MM. Pointe-à-Pitre.

Pascaud ✠, capitaine de port.

Montjardin ✠, maître de port.

Moule.

M. Ducasse, lieutenant de port.

Marie-Galante.

M. Desgranges, lieutenant de port.

Saint-Martin.

M. Cassin, maître de port.

TRÉSOR PUBLIC.

MM.

Navailles ✠, trésorier payeur, trésorier des invalides de la marine, caissier des prises et des gens de mer, résidant à la Basse-Terre.

Cassé, trésorier particulier à la Pointe-à-Pitre.

Girard, chef de comptabilité, Basse-Terre.

Bonnin, caissier, *idem*.

G. Paris, caissier, Pointe-à-Pitre.

SERVICE DE SANTÉ.

Ce service est réparti entre six hôpitaux militaires comprenant ensemble 712 lits, savoir :

Basse-Terre	300 lits.
Camp-Jacob	96
Pointe-à-Pitre	200
Saintes	50
Marie-Galante	46
Saint-Martin	20
	712

Conseil de santé, séant à la Basse-Terre.

Le premier médecin en chef, président.
Le chirurgien chargé du service chirurgical.
Le pharmacien chargé du service pharmaceutique.

Commission de santé séant à la Pointe-à-Pitre.

Le second médecin en chef, président.
Le chirurgien chargé du service chirurgical.
Le pharmacien chargé du service pharmaceutique.

MM. HÔPITAL DE LA BASSE-TERRE.

Saint-Pair (O. ✵). d. m., premier médecin en chef de la marine.
Walther ✵, d. m., chirurgien principal (en congé).
Moufflet, d. m, chirurgien de la marine de 1re classe, chargé du service chirurgical.
Girardias, pharmacien de 1re classe.
Senelle (Charles) ✵, chirurgien de 2e classe, prévôt de l'hôpital.
Brassac, chirurgien de 2e classe.
Serez, chirurgien de 3e classe.
Lignières, *idem*.
Dubrandy, *idem*.
Couturier, pharmacien de 3e classe.

MM. HÔPITAL DE LA POINTE-A-PITRE.

Poupeau ✵, d. m., second médecin en chef de la marine.
Pellarin, d. m., chirurgien de 1re classe, chargé du service chirurgical.
Gentili, pharmacien de 3e classe, chargé du service pharmaceutique.
Gaultier de la Ferrière, chirurgien de 2e classe, prévôt de l'hôpital.
Bernard, chirurgien de 3e classe.
Fauvel, chirurgien auxiliaire de 3e classe.
Cassan, d't Ravel, chirurgien auxiliaire de 3e classe.

MM. *Camp-Jacob.*

Branellec, chirurgien de 2e classe, chargé du service.
Sarzaud, chirurgien de 3e classe.

Saintes.

Mattëi, chirurgien de 2e classe, chargé du service.

Marie-Galante.

Senelle (Antoine), d. m., chirurgien de 2e classe, chargé du service.*

Saint-Martin.

Pestre ✻, chirurgien de 2e classe, chargé du service.

SOEURS HOSPITALIÈRES.

Mmes *Hôpital de la Basse-Terre.*

Daverne, sœur Adélaïde, supérieure principale des sœurs hospitalières de Saint-Paul, à la Guadeloupe et dépendances.
Vezou, sœur Antoinette.
Chapuis, sœur Ursule.
Plouvier, sœur Saint-Louis.
Chauveau, sœur Sarah.
Veysset, sœur Aimée.
Charpentier, sœur Geneviève.
Rivet, sœur Louisa.

Mmes *Hôpital du Camp-Jacob.*

Macé, sœur Saint-Yves.
Charny, sœur Sainte-Cécile.
Evezard, sœur Léonardine.

Mmes *Hôpital des Saintes.*

Boudet, sœur Radegonde.
Gotty, sœur Nathalie.

Mmes *Hôpital de Marie-Galante.*

Gaude, sœur Damienne.
Piquenal, sœur Émile.

Mmes *Hôpital de la Pointe-à-Pitre.*

Ferrand, sœur Saint-Bruno.
Dupuis, sœur Séraphie.
Liviays, sœur Thécla.
Rivière, sœur Gemma.
Alhomme, sœur Saint-Fulbert.
Rigault, sœur Saint-Césaire.

Mmes *Hôpital de Saint-Martin.*

Houcaud, sœur Hydalphe.
Bordier, sœur Saint-Saturnin.

Hospice de la Désirade.

Mmes LÉPREUX.

Brière sœur Élise.
Pelusset, sœur Saint-Jean.
Perouny, sœur Philippe.

COMMISSIONS SANITAIRES.

BASSE-TERRE.

MM. Le maire, président.
Le commissaire de l'inscription maritime.
Lorrillard, médecin civil.
Moufflet, chirurgien de première classe de la marine.
Le sous-inspecteur des douanes.
Laurichesse ✠, propriétaire.
Lanrezac, membre de la chambre de commerce.
L'interprète du Gouvernement.

POINTE-A-PITRE.

MM. Le maire, président.
Le commissaire de l'inscription maritime.
F. L'Herminier, médecin civil.
N....
Le sous-inspecteur des douanes.
A. Leger aîné, propriétaire.
N...
L'interprète du Gouvernement.

MOULE.

MM. Le maire, président.
Le chef du service maritime.
Desbonne, médecin civil.
Le chef du bureau des douanes.
A. Duchassaing, propriétaire.
Monnerot, négociant.

PORT-LOUIS.

MM. Le maire, président.
Trébos, médecin civil.
Le chef du bureau des douanes.
Sauvan, propriétaire
Franville Chérot fils, négociant.

MARIE-GALANTE.

MM. Le maire, président.
Le chef du service maritime.
Le chirurgien de la marine.
E. Lauriat, médecin civil.
Le chef du bureau des douanes.
Montout Espagnet, propriétaire.
D. Dupuy, négociant,

LES SAINTES.

MM. Le maire, président.
Le chef du service maritime.
Le chirurgien de la marine.
Reimonet (Théodore), propriétaire.
N......, commerçant.

SAINT MARTIN.

MM. Le maire, président.
Le chef du service maritime.
Le chirurgien de la marine.
Le chef du bureau des douanes.
Lambert Devers, propriétaire.
Louis Lambert, négociant.

ADMINISTRATION INTÉRIEURE.

MM. **DE RUTHYE-BELLACQ** ✻, directeur de l'Intérieur.

Quintrie (A.-A.), secrétaire général.

Le Directeur de l'Intérieur est chargé, sous les ordres du Gouverneur, de l'administration intérieure de la colonie, de la police générale, de l'administration des contributions directes et indirectes et des finances coloniales, de l'ordonnancement des dépenses du service local et de la comptabilité des recettes et des dépenses du même service.

Les dépendances forment deux arrondissements (celui de Marie-Galante, de la Désirade et des Saintes, et celui de Saint-Martin), dont les commandants particuliers ont l'administration. Ces chefs correspondent avec le Directeur de l'Intérieur, qui leur transmet les ordres du Gouverneur, sur les différentes parties du service dont il est chargé.

En cas d'absence ou d'empêchement, le Directeur de l'Intérieur est remplacé par le Secrétaire général, toutes les fois qu'il n'en a pas été autrement ordonné, aux termes des articles 113 de l'ordonnance organique du 21 août 1825, 128 de l'ordonnance organique du 9 février 1827, et 117 de l'ordonnance organique du 27 août 1828.

CADRE
DE LA DIRECTION DE L'INTÉRIEUR.

SECRÉTAIRE GÉNÉRAL.

M. Quintrie (A.-A.).

CHEFS DE BUREAU DE 1re CLASSE.

MM. De Merendol (Administrat. et contentieux.)
Brugère ✲ (Instruction publique, etc.)

CHEFS DE BUREAU DE 2e CLASSE.

MM. Richard de Chicourt (L.-H.-S.-P.), sous-commissaire de la marine de première classe (Finances et approvisionnements.)
Marillat (Agriculture et commerce.)

SOUS-CHEF DE BUREAU DE 1re CLASSE.

MM. Huard Lanoiraix (Administration et content.)

SOUS-CHEFS DE BUREAU DE 2e CLASSE.

Lafon (Agriculture et commerce.)
Vauchelet (Instruction publique, etc.)
Roux (Finances et approvisionnements.)
Arsonneau (Secrétariat général.)

COMMIS.

MM. Boréa, commis de l'intérieur (Secrétar. gén.)
Gaveau (C.-E.-A.), commis de la marine (Finances et approvisionnements.)
Michel (C.-Ernest), commis de l'intérieur (Administration et contentieux.)
Lassalle, *idem* (Agriculture et commerce.)
Chaulet, *idem* (Administration et contentieux.)
Desvallons (Floresty), *idem* (*Idem.*)
Husson (Jules), *idem* (Finances et approvisionnements.)
Block de Friberg (F.), *idem* (*Idem.*)
Brézol de Monsigny, *idem* (*Idem.*)

ÉCRIVAINS DE 1re CLASSE.

MM. Lafages (Aristide) (Instruction publique.)
Olivier (S.) (*Idem.*)
Bunel (Gabriel) (Finances et approvision.)
Quintrie (Alex.) (Secrétariat général.)
Portière (Finances et approvisionnements.)
Bourinet (F.) (*Idem.*)

ÉCRIVAINS DE 2e CLASSE.

MM. Michel (Amédée) (Administ. et contentieux.)
Lemerle (J.) (Administration et contentieux.)
Rosy, dit Lanoiraix (Finances et approvisionnements.)
Théophile (*Idem.*)
Richaud (Auguste) (*Idem.*)

ÉCRIVAINS DE 3e CLASSE.

Claret (Louis) (Agriculture et commerce.)
Fresnel (Eugène) (Instruction publique.)
Roussel (Léo) (Secrétariat général.)
Louison (Administration et contentieux.)

BUREAUX DE LA DIRECTION DE L'INTÉRIEUR.

SECRÉTARIAT GÉNÉRAL.

MM. Quintrie (A.-A.), secrétaire général.
Arsonneau, sous-chef.
Boréa, commis.
Quintrie (Alex.), écrivain de 1re classe.
Roussel (Léo), *idem* de 3e classe.

ADMINISTRATION ET CONTENTIEUX.

MM. De Merendol, chef.
Huard Lanoiraix, sous-chef.
Michel (C.-Ernest), commis.
Chaulet (Léonce), *idem.*
Gilbert-Desvallons (Floresty), *idem.*
Michel (Amédée), écrivain de 2e classe.
Lemerle (J.), *idem.*
Louison (Antoine), *idem* de 3e classe.

AGRICULTURE, COMMERCE ET IMMIGRATION.

MM. Marillat, chef.
Lafon, sous-chef.
Lassalle, commis.
Claret, écrivain de 3e classe.

INSTRUCTION PUBLIQUE, CULTES, ASSISTANCE ET POLICE.

MM. Brugère ✻, chef.
Vauchelet, sous-chef.
Lafages (Aristide), écrivain de 1re classe.
Olivier (S.), *idem*.
Fresnel (Eugène), *idem* de 3e classe.

FINANCES ET APPROVISIONNEMENTS.

MM. Richard de Chicourt, sous-commissaire de la marine de première classe, chef.
Roux, sous-chef.
Gaveau, commis de la marine.
Husson (Jules), commis de l'intérieur.
Block de Friberg (F.), *idem*.
Brézol de Monsigny, *idem*.
Bunel (Gabriel), écrivain de 1re classe.
Portière, *idem*.
Bourinet (F.), *idem*.
Rosy, dit Lanoiraix (Ch.), *idem* de 2e classe.
Théophile, *idem*.
Richaud (A.), *idem*.

Hors cadre.

MM. Huguenin, chef de bureau, délégué aux fonctions de commissaire de l'immigration.
Mollenthiel (Georges), sous-chef de bureau, délégué aux fonctions de sous-commissaire de l'immigration.
Noirtin, *idem*.

SERVICE MUNICIPAL.

ARRONDISSEMENT DE LA BASSE-TERRE.

* Deshaies.

Population..................	687
Recettes...............Fr.	6,264 00
Dépenses.........	6,159 00

MM. Capdestaing (Pierre), maire.
Parny (J.-B.), adjoint.

MM. *Conseillers.*

Darcourt (Thomas).
Eustache (Modeste).
Clément (Frédéric).
Bellaire (Joseph).
Bernier (Alexis).
Canoné (Louis-Trancelin).
Valuet (Dorval).
Latugaye (Jacques).

Pointe-Noire.

Population..............	2,500
Recettes..............Fr.	24,960 00
Dépenses................	23,548 00

MM. Colot (Louis-Georges), maire.
Guilliod (François-Eugène), adjoint.

MM. *Conseillers.*

Leprince (Séraphin).
Morandois (Ste-Luce).
D'Alexis (Louis).
Judith (Antoine).
Millard (Pierre-J.-J.).
Lesueur (J.-B.) fils.
Bellevue (Alfred)
Montbrun (P.-S.)
Perrier Latour.
Courejolle (A.-Ste-Cather.)

Bouillante.

Population..............	2,446
Recettes..............Fr.	14,975 00
Dépenses................	14,975 00

MM. Lative (Vital), maire.
Poirié (Jacques-Clermont), adjoint.

MM. *Conseillers.*

Gascon (Jules).
Plantin (L.-Saint-Cyr).
Pagésy (Sixte).
Laurent (Jean-Baptiste).
Méla (Octave).
Noël (Rosillette).
Bertrand (J.-S.-Gustave).
Mignerel (Gustave).
Nadal (Ém.-Delphin-Arth.)

Habitants.

Population...............	2,618
Recettes..............Fr.	22,828 00
Dépenses................	22,828 65

MM. Ithier-Lavergneau (Numa), maire.
Tacou (Vincent), 1er adjoint.
Le Vannier (Clément), 2e adjoint.

MM. *Conseillers.*

Saint-Marc (Charles).
Nicolas (Elie).
Noël (Fréjus).
Deraine (Pierre).
Beaugendre (Alc.).
Plantin (P.-A-D.).
Beaugendre (Joseph).
De Cachard (Ferdinand).
Rollin (Adolphe).
Dupont (Cédéon).
Marchais (Thus).

Baillif.

Population...............	2,609
Recettes..............Fr.	25,190 00
Dépenses................	21,310 00

MM. Block de Friberg ✠, maire.
Daucourt (Émile), adjoint.

MM. *Conseillers.*

De Friberg (Ernest).
Soret (Nicolas).
Forestal (Clairville).
Soret (Jean-Henri).
Latour (Éloi).
Sabas (Placide).
Duflo (Georges-Gustave).

Saint-Claude.

Population...............	3,908
Recettes..............Fr.	35,120 00
Dépenses................	31,686 14

MM. Souque (Albert), maire.
Michaux (Césaire), adjoint.

Conseillers.

Rousseau (Bellisle-Louis).
Dasse (Louis).
Labat (Joseph).
Amé-Noël (François-Joseph).
Marsan (J.-Ant.-Ferdinand).
Eggimann (Alfred).
Cabre aîné.
Lesueur (Léonce).
Rougé (J.-J.).
Fougas (J.-B.).

Basse-Terre.

Population		9,216
Recettes	Fr.	126,013 00
Dépenses		126,013 00

MM. Rullier, maire.
Lavollé ✻, 1er adjoint.
Defresnay (Victor), 2e adjoint.

MM. *Conseillers.*

Lacour (Auguste).
Lignières (Aristide) ✻.
Le Dentu (Charles).
Vauchelet ✻.
Amédée Joseph.
Clayssen (Clément).
Oraison (O).
Duc (D).
Germain (Anicet).
Comon (V.)
Mollenthiel (Auguste).
Payen (Adolphe).
Baudot (Paul) ✻.
Chaulet (Auguste).
Lanrezac (Charles).
Laporte (Eloi).
Daver ✻.
Walther (C.-H.-N.) ✻.
Crocquet (Georges).
Larrieux (Jean).

Gourbeyre.

Population		2,237
Recettes	F.	18,635 00
Dépenses		16,700 00

MM. Négré (Édouard), maire.
Cuinier, adjoint.

MM. *Conseillers.*

Parize (J.-B.-Hardi).
Nelson (Joseph).
François (Alcide).
Quillet.
Morille (Élie).
René (Antoine).
Petit (Eugène).
Longueteau (S.-L.).
Galéan.
Belugou.

Vieux-Fort.

Population		828
Recettes	Fr.	9,170 00
Dépenses		9,140 00

MM. N...., maire.
Bourgeois (Jean-Athanase), adjoint.

MM. *Conseillers.*

Delannon (J.)
Marceau (Ch.-J.-Baptiste)
Bourgeois (Marc-Élie).
Delannay (Louis-Simon).
Mercier (Bruno).
Marguerite (Joseph Monval).

Trois-Rivières.

Population		3,939
Recettes	Fr.	29,395 00
Dépenses		29,380 00

MM. Roussel (Paul), maire.
Crane (Léonce), 1er adjoint.
Crane (Télesphore), 2e adjoint.

MM. *Conseillers.*

Gouëran.
Venture (Ernest).
Contois.
Cardonnet.
Adnesse (Jean-Baptiste).
K/vennon (Louis).
Massias de Bonne.
Lacaze (Astyanax).
Dérussy (Saint-Hilaire).

Capesterre.

Population		7,500
Recettes	Fr	56,930 00
Dépenses		54,125 00

MM. Ambert ✻, maire.
Babin (Charles-Simon), 1er adjoint.
Pétra (Paul), 2e *idem.*

MM. *Conseillers.*

Bouscaren (Léo).
Mahuzié.
Mayol (Eudoxe).
Crane (Louis).
Capitaine (L.).
Dubisson (Jules).
Miolard (Louis).
Charles Gervais.
Castaing (Gabriel).

Goyave.

Population..................	1,250	
Recettes.................Fr.	9,760	00
Dépenses..................	9,460	28

MM. Rousseau (Hippolyte), maire.
De Poyen (Ferdinand), adjoint.

MM. *Conseillers.*

Martial (Pierre-Bouillon).
Martial (St-Val).
Saint-Val-Abeilard.
Rousseau (Ernest).
Marcellin (Louis).
N.......
N.......

ARRONDISSEMENT DE LA POINTE-A-PITRE.

Petit-Bourg.

Population...............	3,630	
Recettes..............Fr.	26,430	00
Dépenses.......	26,425	00

MM. Barot (Gabriel), maire.
N......, adjoint.

MM. *Conseillers.*

Boyer de Canrieux (Eug.).
Laurent (Eugène).
Villeneuve (Louis).
Matignon (Charles).
Labrousse aîné.
Bragelongne de Berlange.
Delille (Jules-Joseph).
De Laquintinie (Palémon).
Philémon (Edmond).
Sarragot (Paul). *

Baie-Mahault.

Population..............	4,296	
Recettes..............Fr.	36,052	50
Dépenses................	35,802	52

MM. Descamps (Gaston), maire.
Sallassier (Numa), adjoint.

MM. *Conseillers.*

Carrière (Pierre).
Descamps (Auguste).
Pic (Éloi).
Roullet (Dégazon).
Désir (Ferdinand).
Sauvan.
Lacout (Paulin).
Ponse (Auguste).
Pic (Louis J.-B.).
Gaussin (Charles).
Louis Julien (D.).
Lemaistre (Eugène).
Paul (Joachim).
Reimonencq (L.).
Bonardel (T.-Pharamond).

Lamentin.

Population.	5,000	
Recettes. . . . . Fr.	56,950	00
Dépenses.	56,385	00

MM. Lamoisse (Guillaume), maire.
Fournier (Jules), adjoint.

MM. *Conseillers.*

De St-Martin (Victor Guy).
Osmond (Louis-Delphin).
Baimbridge (Jean-Marie).
Biroulet (Guillaume-B.)
Nouy (Auguste).
De Pontevès d'Amirat (A.).
Duplessis (Henri-François).
Lapierre (Maurice).
Darasse (Guillaume) ✻.
Bocage (Joseph).
Pierre (Désir).
Crane (Oscar).
Courau (Louis).
Dain (Ed.-Clément).

Sainte-Rose.

Population.	5,500	
Recettes. . . . . Fr.	50,550	00
Dépenses.	50,550	00

MM. De Mauret-Nolivier (Ferdinand), maire.
Langlois (Daniel), adjoint.

MM. *Conseillers.*

Élisée (Charles).
Richard (Jacques).
Danglemont (Élie-Victor).
Séverin fils.
D'Arbaud Ourtou (P.-N.).
Déjean (Jérôme).
Féger (Pierre).
Courau (Clément).
Navarre (Pierre).
Détanger (Louis).
Tailliandier (J.-M.-Gustave)
Maille (J.-B.)
Boisserie (François)
Lolo (Pierre-Mélon).

Pointe-à-Pitre.

Population		14,239
Recettes	Fr.	271,062 70
Dépenses		271,062 70

MM. Leger (Ch.-Anatole) ✻, maire.
Thionville (Auguste) ✻, 1er adjoint.
Gabriel (Alphonse), 2e adjoint.
Planel-Arnous, 3e adjoint.

MM. *Conseillers.*

Boirard (Edmande).
L'Herminier (Joseph.-F.) ✻.
Mondélice (Félix).
Dupont (Sylvain).
Gillaut (Pierre).
Ruillier (Édouard).
Jary (Charles).
Picard (Eugène).
Roubeau (J.-P.)
Thionville (Louis).
Lisout (Joseph).
René (Adrien).
Oraison (J.-B.-Étienne).
Richaud (Silvère).
Descamps (T-.A.).
Monnerot (Solange).
Leger (Al.-Edmond).
Bloncourt (Clermont).
Loyseau (Sainte-Croix).
Bureaux (Lucien).

Gosier.

Population		3,841
Recettes	Fr.	31,255 00
Dépenses		31,182 75

MM. De Richemont (Jules), maire.
Bertin Sully, adjoint.

MM. *Conseillers.*

Mondésir Magloire.
Gabriel Clavery.
Théophile Négrit O.
Berthelot (Fontenelle).
Simonner (Henri).
François Cusson ✻.
Titéca (Jean-Baptiste).
Poncet (F.-.J-B.).
Corneille (Nicolas).
Bourguignon (J.-B.).

Abymes.

Population		4,595
Recettes	Fr.	40,460 00
Dépenses		32,825 00

MM. Chauvel (Louis), maire.
Celleron (Amédée), adjoint.

MM. *Conseillers.*

Damas (Aletas).
Chauvel (François).
Manpetit (Léopold).
Mercier (R.-P.-A.).
Pasturin (Tomy).
David (Henry).
Rabouin (P.-F.).
Grenié (Victor).
Blanchet Dubelloy (G.).
Chanut (Henri).
F. de Lacroix.
Ferret (Napoléon).
Laloge (Charles).

Morne-à-l'Eau.

Population.................. 3,950
Recettes..............Fr. 34,092 42
Dépenses.................. 33,899 04

MM. N......, maire.
Delore (Jean), adjoint.

MM. *Conseillers.*

Bonnaffé (J.-Ant.-Étienne).
Lapierre de Mélinville (A.)
Labuthie (J.-Jacques-Paul).
Bouchard (Sidney).
Couppé de K/madec (Louis).
Charles-Jean-Charles (C.).
Émilien (Jean-Charles).
Michel (Préville).
Lassus (Ignace).
Brosseau (J.-B.-Guillaume).

Petit-Canal.

Population.................. 7,000
Recettes..............Fr. 64,840 00
Dépenses.................. 64,840 00

MM. Leterrier de Manneville, maire.
Chérot (Jean-Jacques), 1er adjoint.
De Vipart (Nerval), 2e *idem.*

MM. *Conseillers.*

Godet Desmarais.
De Bullock (Gaugy).
Raimond.
De Commarque (Louis).
Barbotteau (Étienne).
De Gaalon (Ch.).
Auril (Victor).
De Laroche (Ernest).
Hérisson (Octave).
Chérot (Franville).
Goyon (Gustave).
Vassort.
Leterrier de Mennetot (Ch.)

Port-Louis.

Population.................. 3,898
Recettes..............Fr. 46,652 50
Dépenses.................. 45,650 00

MM. N..... maire.
Souques (Auguste), 1er adjoint.
De Poyen (Gustave), 2e *idem*.

MM. *Conseillers.*

Lemoine-Maudet (Alexis).
Ponzolz (Eugène).
Messin (Xavier).
Saint-Yves (Louis).
Layerle (Pierre).
Combret (Amédée).
Pichon (Amédée).
Quin (Charles).
Laclémendière (Ajax de).
Ambert (Charles-Napoléon)

Anse-Bertrand.

Population	...	4,500
Recettes	Fr.	40,000 00
Dépenses	...	40,000 00

MM. Séguineau (Amédée), maire.
Papin (Étienne), 1er adjoint.
Douillard Grandfond (Damas), 2e *idem*.

MM. *Conseillers.*

Papin (Auguste).
Papin (Joseph).
Antonin (Franville).
Chauvel (Jean-Baptiste).
Ruillier (Charles).
Couverchel.
Ardène (Ernest).
Papin (Fonrose).
Jules Le Mercier.
Douillard (Félix-Auguste).
Boisnormand (Auguste).

Moule.

Population	...	10,108
Recettes	Fr.	145,460 54
Dépenses	...	101,393 74

MM. Desbonne (Isis), maire.
Rougé (Jean), 1er adjoint.
Dubédou (Augustin), 2e *idem*.

MM. *Conseillers.*

Mondés.r (Urbain).
De Bragelongne (Versigny)
Douillard (Furcy)
Daudoin (Charles).
Duchassaing (Auguste).
Pic (Romuald).
Duchassaing (Joseph).
Guyot (Olive).
Soliveau (L. Bienvenu).
Tristant (Frédéric).
De Varieux (Eugène).
Leguay (Louis).

MM.	*Conseillers* (suite).
De Bragelongne ville.	d'Engen-Mabille fils (E.-A.-G.).
	Monnerot (J.-E.-D.).
Robin jeune (O. H.).	Vautier (Jacques).

Sainte-Anne.

Population.	6,800
Recettes. Fr.	43,621 50
Dépenses.	37,630 15

MM. De Poyen (Ernest), maire.
De Casamajor (Charles), adjoint.

MM.	*Conseillers.*
De Surgy (Alexandre).	De Bérard (Vespasien).
Petit-Lebrun.	French (R.-F.)
De Chazelles (Adolphe).	Jean-Louis jeune.
French (Eugène).	Boulié (Saint-Louis) O.
Saint-Prix Virolan.	Dagomel (Antenor). *
De Surgy (E.)	De Varieux (L.).
Lahaie (Alexandre).	Beaubrun (Eugène).

Saint-François.

Population.	5,164
Recettes. Fr.	50,466 96
Dépenses.	49,600 00

MM. Favreau (Joseph-Denis), maire.
Michaux (Éloi), 1er adjoint.
Corot (Jules), 2e adjoint.

MM.	*Conseillers.*
Beauclair (Charles-Néron).	Favreau (Gustave).
Favreau (Pierre-Égide).	Gautier (Félix).
Chassaing (Édouard).	Favreau (Joseph-Charles).
Ledeuff aîné.	Delor (Benjamin).
Ledeuff (Olivier).	Monchéry.
Guyot (Adolphe).	Roche (Charles).
Dénous (Ernest).	

ARRONDISSEMENT DE MARIE-GALANTE

Grand-Bourg.

Population.	6,583
Recettes. Fr.	88,096 46
Dépenses.	86,748 22

MM. Bonneville (Charles-François), maire.
Ducos (Louis), adjoint.
Pasquier (L.-S.), *idem*.
Ballet (Louis), *idem*.

MM. *Conseillers.*

Lacoste (Étienne).	Achille (J.-François).
Dupuy (Antonin).	Lafontaine (Victor).
Casse (Jules).	Germain (Seymour).
Sébastien (Célestin).	Partarrieu (Saint-Germain).
Roussel (Victor).	Boulogne (Boivin-Arthur).
Murat (Emmanuel).	Ballet (Joseph-Wilson).
Bonneterre (A.-Roussel).	De Larivière.
Bielle (Emmanuel).	Duportril (Amédée).

Capesterre (Marie-Galante).

Population.		3,605
Recettes.	Fr.	33,394 00
Dépenses.		33,394 00

MM. Boulogne (Jean-Hubert), maire.
Boulogne Décap, adjoint.

MM. *Conseillers.*

Ravend (Numa).	Pélissié de Montemont.
Wachter (Meugle).	Boulogne (Saint-Clair-Saint-Villier).
Boulogne-Beaulieu.	Célestin fils.
Wachter (Alphonse).	Boulogne (Saint-Villier-Sylvert).
Ravend (Guillaume).	
Hérisson (Louis-Denis).	

Saint-Louis.

Population.	3,145
Recettes.	23,950 00
Dépenses.	21,583 00

MM. Cognet (Auguste), maire
Létang-Lapalun-Lacavé, adjoint.

MM. *Conseillers.*

Vergé (Mondésir).	Champ (Omer-Lucas).
Cognet (Neuilly).	Lacavé (Théodore).
Bonneterre Roussel fils (Ch.)	Ravend-Lapallière.
Rose (Alexis).	Claude (Tévrain).
Vergé (Ch.-Joseph).	Fidélis (Lapalun-Lacavé).
Benjamin (Joseph).	

Désirade.

Population. 1,632
Recettes. . . . . Fr. 10,195 00
Dépenses. 11,180 00

MM. Pain (Philippe), maire.
Crocquet (Nicolas), adjoint.

MM. *Conseillers.*

Ruillier (Francois-Narcisse).	Locquet (Zéphirin).
Loridon (Raphaël).	Martineau (Ernest).
Maston fils (Jean-Baptiste).	Mirre (Louis-Stanislas).
Mirre (J.-Jacques).	Lézeau (Louis-Clermont).

Saintes.

Population. 1,317
Recettes. . . . . Fr. 9,535 00
Dépenses. 9,535 00

MM. Reimonet (Théodose), maire.
Thomas (Sylvestre), 1er adjoint.
Aimé (Joseph-Ferdinand), 2e *idem.*

MM. *Conseillers.*

Thomas (Jules).	Lognos (J.-Pierre).
Joyeux (Huart).	Ruart (Saint-Ville).
Leroy (Prudent).	Lasserre (Eugène).
L'Étang (Édouard).	

ARRONDISSEMENT DE SAINT-MARTIN.

Marigot.

Population. 2,926
Recettes. 11,570 00
Dépenses. 9,860 00

MM. Dormoy (Pierre-Georges), maire.
Beauperthuy (Auguste), adjoint.

MM. *Conseillers.*

De Méry d'Arcy (Charles).	Beauperthuy (Pierre-Daniel).
De Durat (Louis).	Relion (Pierre).
Becker (Frédéric).	Delrieu (Louis Julien).
Fouet (Louis).	Lambert (Louis).
Rey (Emmanuel).	Téléphe (S.-H-C.).

INSTRUCTION PUBLIQUE.

Commission d'examen des personnes de l'un et de l'autre sexe qui demandent l'autorisation d'ouvrir, dans la colonie, des écoles libres, primaires ou secondaires.

MM. Le Directeur de l'Intérieur, président ;

Saint-Pair (O. ✱), médecin en chef de la colonie ;

Maston, vicaire général, supérieur du séminaire-collége ;

Giacobbi, président du tribunal de première instance à la Basse-Terre ;

Dubut, chef du service des ponts et chaussées ;

Brugère ✱, chef du bureau des cultes et de l'instruction publique à la direction de l'intérieur, remplissant les fonctions de secrétaire de la commission.

Cette commission se réunit au chef-lieu, s'il y a lieu, dans les quinze premiers jours de chaque trimestre, sur la convocation du Directeur de l'Intérieur.

Commission d'examen des candidats aux bourses impériales, coloniales et communales.

MM. le Directeur de l'Intérieur, président,
Le Médecin en chef.
Un professeur du séminaire collége.
Le desservant de Mont-Carmel.

L'examen des jeunes personnes qui sollicitent des bourses au pensionnat de Saint-Joseph a lieu, à la Basse-Terre, à la Pointe-à-Pitre, au Grand-Bourg (Marie-Galante) et à Saint-Martin, devant des commissions composées :

Du Directeur de l'Intérieur ou de son représentant, président;
Du desservant de la paroisse;
Et de deux institutrices de la commune.

Comités communaux de surveillance et d'inspection des écoles.

Un comité chargé de l'inspection des écoles a été institué dans chaque commune, par arrêté du 5 décembre 1851. Il est composé du maire, président, du desservant de la paroisse et d'un conseiller municipal désigné par le maire.

ÉCOLES PUBLIQUES.

ÉCOLES PRIMAIRES DE GARÇONS

dirigées par les frères de Ploërmel.

M. Thébaut (Florian), *frère* Paulin, *Supérieur principal des Frères de Ploërmel à la Guadeloupe.*

MM. **Pointe-Noire.**

Le Boudec (Jean-François), *frère* Élase, catéchiste.
Labbé (Julien-Jean), *frère* Thuriaf-Marie, instituteur.

MM. **Saint-Claude.**

Cadiet (Pierre), *frère* René-Marie, catéchiste.
Mérhin (Jean-Marie), *frère* Aristide, instituteur.

MM. **Basse-Terre.**

Pfeiffer (Mathias), *frère* Arthémas, catéchiste.
Fichou (Yves), *frère* Hyacinthe, instituteur.
Joubert (Louis-Antoine), *frère* Ludovic, *idem*.
Merour (Henry), *frère* Arnould, *idem*.
Legoff, *frère* Placide, *idem*.

MM. **Trois-Rivières.**

Tardivel (Mathurin), *frère* Frumence-Marie, catéchiste.
Guerroué (Mathurin), *frère* Thurian-Marie, instituteur.

MM. **Capesterre.**

Lucas (François-Marie), *frère* Joseph-Louis, catéchiste.
Guéheneuf, *frère* Clémentien, instituteur.

MM. **Baie-Mahault.**

Hodebert (Pierre-Marie), *frère* Nicomède, catéchiste.
Colin (Julien-Marie), *frère* Arsace, instituteur.

MM. **Lamentin.**

Turpin (Jean-Henry), *frère* Valentinien, catéchiste.
Lesourne (Jean-Marie), *frère* Attale, instituteur.

MM. **Sainte-Rose.**

Chollet, *frère* Antinogène-Marie, catéchiste.
Le Bras (Pierre), *frère* Théonas, instituteur.

MM. **Pointe-à-Pitre.**

Couppé (F.-J.-Mathurin), *frère* Théophane, catéchiste.
Boullier (Jean-Joseph), *frère* Lambert, instituteur.
Le Texier (François), *frère* Samson, *idem*.
Guymard (Pierre-Louis), *frère* Léonide, *idem*.
Le Tohic (Jacques), *frère* Bieuzy Marie, *idem*.
Albert (Pierre-François), *frère* Jérémie.

MM. **Morne-à-l'Eau.**

Bervas (François), *frère* Damascène, catéchiste.
Alix (Louis), *frère* Tharsis, instituteur.

MM. **Petit-Canal.**

Kerivel (Christophe), *frère* Herman, catéchiste.
Leroux (Gabriel), *frère* Hildevert, instituteur.
Conan (François), *frère* Andronic, *idem*.

MM. **Port-Louis.**

James (Marie), *frère* Arége, catéchiste.
L'Ancien (Jean-Marie), *frère* Jean Climaque, instituteur.

MM. **Anse-Bertrand.**

Bernard (Mathurin), *frère* Hilaire-Marie, catéchiste.
Le Roux (Jacques-Marie), *frère* Arnold-Marie, institut.

MM. **Moule.**

Tobie (Jean-Marie), *frère* Donatien, catéchiste.
Masson (Gabriel), *frère* Manuel, instituteur.
Le Bonnec (Vincent), *frère* Landry, *idem*.
Louvrand (Barthélemy), *frère* Rieul, *idem*.

MM. **Sainte-Anne.**

Gendrot (Jean-Julien), *frère* Thimoléon, catéchiste.
Bruère (Émile [illegible]), *frère* Anastase-Marie, instituteur.

MM. **Saint-François.**

Gentilhomme (Jean-Marie), *frère* Honorius, catéchiste.
Omnès (Julien), *frère* Anthénon-Marie, instituteur.

MM. **Grand-Bourg**

Le Chat (Victor-Ambroise-Louis), *frère* Célerin, catéch.
Le Rest (Joseph), *frère* Erasme, instituteur.
Gaillard (Claude-Jean), *frère* Chrisophore, *idem.*
Le Floch (Joseph), *frère* Floride, *idem.*

MM. **Capesterre (Marie-Galante).**

Fichant (Pierre), *frère* Benjamin, catéchiste.
Chesnin (Joseph-Marie), *frère* Jucondien, instituteur.

MM. **Désirade.**

Laurent (René), *frère* Epiphane-Joseph, catéchiste.
Loaëc (Louis), *frère* Trophime, instituteur.

MM. **Saintes.**

Étienne (Julien-Marie), *frère* Isidore, catéchiste.
Euzéat (Mathurin), *frère* Anschaire, instituteur.

MM. **Saint-Martin.**

Lécuyer (Joseph-Henri, *frère* Henri-Joseph, catéchiste.
Bouvier (Joseph), *frère* Lucius), instituteur.

ÉCOLES PRIMAIRES DE FILLES

dirigées par les dames de Saint-Joseph de Cluny.

Mme Damidot, *sœur* Séraphine, *supérieure principale de sœurs de Saint-Joseph de Cluny à la Guadeloupe.*

Mmes **Pointe-Noire.**

Laurens (Marie), *sœur* Angèle, catéchiste.
Petit (Claudine), *sœur* Marie-Valérie, institutrice.

Mmes Saint-Claude.

Robert, *sœur* Delphine, catéchiste.
Poisson, *sœur* Casimir, institutrice.

Mmes Basse-Terre.

Lelu (Marie-Joseph), *sœur* Vincent, catéchiste.
Kindt, *sœur* Marie de l'Incarnation, institutrice.
Santerre, *sœur* Isabelle, *idem*.

Mmes Gourbeyre.

Barrozo, *sœur* Éléonore, catéchiste.
Vinay, *sœur* Saint-Louis de Gonzague, institutrice.

Mmes Trois-Rivières.

De Cluzel (Victorine), *sœur* Pauline, catéchiste.
Roux, *sœur* Marie de la Conception, institutrice.

Mmes Capesterre.

Guérin, *sœur* Alexandrine, catéchiste.
Jnglaret (Marie-Joseph), *sœur* Théophanie, institutrice.
Frontière (Antonia), *sœur* Antonia, institutrice.

Mmes Petit-Bourg.

Rabut, *sœur* Zozime, catéchiste.
Beaupin, *sœur* Théodore, institutrice.

Mmes Baie-Mahault

Parme, *sœur* Louise, catéchiste.
Dumont (Marie), *sœur* Brigitte, institutrice.

Mmes Lamentin.

Machilot, *sœur* Basilide, catéchiste.
Genin, *sœur* Chantal, institutrice.
Graël, *sœur* Hubert, *idem*.

Mmes Sainte-Rose.

Menu, *sœur* Cécile, catéchiste.
Woyssier, *sœur* Saint-Augustin, institutrice.

Mmes Pointe-à-Pitre.

Monvoisin, *sœur* Edouard, catéchiste.
Laurens, *sœur* Hilarion, institutrice.
Badou, *sœur* Victorine, institutrice.
Lanthiome, *sœur* Marie-de-la-Nativité, *idem*.

Mmes Gosier.

Tartaz, *sœur* Gonzague, catéchiste.
Séguret, *sœur* Saint-Judes, institutrice.

Mmes Morne-à-l'Eau.

Millot (Claude), *sœur* Arsène, catéchiste.
Fonteneau, *sœur* Thérésine, institutrice.

Mmes Port-Louis.

Myard, *sœur* Gertrude, catéchiste.
Blain, *sœur* Philomène, institutrice.

Mmes Anse-Bertrand.

Philibert, *sœur* Élisabeth, catéchiste.
Losa (Angélique), *sœur* Saint-Jean-de-la-Croix, institutrice.

Mmes Moule.

Barraud, *sœur* Honorine, catéchiste.
Lavorel, *sœur* Émeric, institutrice.
Séguret (Marie), *sœur* Grégoire, institutrice.

Mmes Sainte-Anne.

Boguereau, *sœur* Cyrille, catéchiste.
Barnay, *sœur* Saint-Thomas, institutrice.

Mmes Saint-François.

Dumont, *sœur* Laurentine, catéchiste.
Hodier, *sœur* Chantal, institutrice.

Mmes Grand-Bourg.

Blondeau (Cladie), *sœur* Clémence, catéchiste.
Rainot (Jeanne), *sœur* Symphorien, institutrice.

Mmes Capesterre (Marie-Galante).

Dupont, *sœur* Félix, catéchiste.
Delrieux, *sœur* Saint-Léon, institutrice.

Mmes Saintes.

Baudin, *sœur* Constance, catéchiste.
Routtier, *sœur* Saint-Augustin, institutrice.

Saint-Martin.

L'école des filles est dirigée par une des sœurs hospitalières.

La commune du Moule entretient à ses frais un cours de mathématiques usuelles.

PROFESSEUR.

M. Rouxel, frère Théoctène, frère de l'institut de Ploërmel.

ÉCOLES LIBRES.

Externat des frères de Ploërmel.

Pointe-à-Pitre.

MM. Morisse, frère Ambert, instituteur.
Rubillon, frère Firmilien, idem.
Mahéo, frère Delphin, idem.
Guyomard, frère Richard, idem.

Moule.

Gélébart, frère Anastase, instituteur.
Velly, frère Joseph-Guillaume, idem.
Letendre, frère Pierre-Damien, idem.

MM. CHEFS D'INSTITUTION.

Debray aîné, à la Basse-Terre.
Pierret (Lance), *idem*.
Rommieux (Ch.-Joseph), aux Trois-Rivières.
Duffau, au Petit-Bourg.
Bouchet (Antoine), à la Pointe-à-Pitre.
Remise, *idem*.
Moisset del Besson, *idem*.
Gaillarbois, *idem*.
Yoko (Alexis), au Gosier.
Saint-Vanne, à Sainte-Anne.
Laballe (Antonin), au Grand-Bourg.
Espanet (Paulin), *idem*.
Meugle (J. Wacther), à la Capesteire (Marie-Galante).
Boulogne Decap, *idem*.

PENSIONNAT DE SAINT-JOSEPH, A LA BASSE-TERRE,
dirigé par les religieuses de Saint-Joseph de Cluny.

Cette maison, instituée par ordonnance locale du 17 octobre 1822, est régie par les dames religieuses de la congrégation de Saint-Joseph, pour y diriger l'enseignement des demoiselles : elle est sous la surveillance du Directeur de l'Intérieur, la protection de l'autorité du Gouvernement.

Le pensionnat, placé sur l'habitation appelée *Versailles*, est très-agréablement situé. Le local affecté à cet établissement renferme des bâtiments vastes, convenablement distribués, et dont la solidité reconnue ne laisse rien à craindre pour la mauvaise saison. Une chapelle particulière, des terrasses spacieuses, un beau jardin, une salle de bains, ainsi que des eaux saines et abondantes sont destinés à l'usage des élèves.

La partie physique de l'éducation est très-soignée. La santé, la propreté, la bonne tenue des enfants, une nourriture saine et abondante, les secours et les précautions nécessaires à leur âge et à leur tempérament, sont l'objet d'une attention toute particulière. En cas de maladie, on leur prodigue les soins les plus assidus, avec une sollicitude qui ne laisse rien à désirer à la tendresse maternelle.

Inspirer aux jeunes personnes, avec la simplicité des mœurs, le respect et l'amour de la religion, former leur cœur à la vertu, et orner leur esprit par l'étude des sciences utiles, tel est le but de toute institution sage. Leur procurer les talents innocents et les arts d'agrément qui peuvent rendre leur société plus douce et leur vertu plus aimable, tel est le vœu des parents : c'est aussi le vœu de la religion, et c'est celui des dames de cette maison.

Il a été fondé, dans ce pensionnat, deux bourses de dix-huit mois, à la charge de l'établissement, et trente demi-bourses, à la charge de la colonie.

Mmes

Damidot, sœur Séraphine, supérieure principale.
N. . . ., assistante.
N. . . ., idem.
Désobeau, sœur Frumence, directrice des études
Bonafé, sœur Théodore, économe.
Tranque (Marie-Thérèze), sœur Virginie, sacristine.
Courin, sœur Marie de la Croix, secrétariat et comptabilité.
Mailly, sœur Julie, *idem.*
Roques (Marie), sœur Mélanie, maîtresse.
Roques, sœur Saint-Laurent, *idem.*
Dain, sœur Thérèse de Jésus, *idem.*
Hacquin, sœur Saint-Louis-de-Gonzague, *idem.*
Chenier, sœur Marie-du-Sacré-Cœur, *idem.*
Lefer, sœur Thérèze-de-Jésus, chargée des répétitions et professeur de langue anglaise et de dessin.
Robert, sœur Appoline, maîtresse d'ouvrage à l'aiguille.
Valeau, sœur Marie-St-Victor, maîtresse de musique.
Burtel, sœur Saint-François, *idem.*
Villard, sœur Honorine, assistante au parloir.
Garel, sœur Saint-Joseph, infirmière.
Beral, sœur Dominique, réfectorière.
Loubière, sœur Valentine, lingère.
Pachot, sœur Augustine, *idem.*

OUVROIR SAINT-CAMILLE A LA BASSE-TERRE.

Mme Hippolyte, sœur Georgina, directrice.

SUCCURSALES DU PENSIONNAT DES DAMES DE ST-JOSEPH.

(EXTERNAT.)

Pointe-à-Pitre.

Mmes Dupuis, sœur Angélica, institutrice.
Merlhe, sœur Élisabeth, *idem*.
Masson, seur Stanislas, *idem*.
Thoussade, sœur Camille, *idem*.

Grand-Bourg.

Dupuis, sœur Hermance, institutrice.
Claraz, sœur Saint-Bernard, *idem*.
Bourgeon, sœur Saint-Jean, *idem*.

MAITRESSES D'INSTITUTION.

Mmes Huguenet et Delannay, Basse-Terre.
Amélie Rostant, *idem*.
Arsonneau (Cécile), *idem*.
Nicole (Zélie), *idem*.
Lajaille (Célanire), *idem*.
Desvallons (Velléda), *idem*.
Mollenthiel, *idem*.
Roubaud, *idem*.
Bunel, *idem*.
Castaing, née Hoguet, Sainte-Rose.
Bloncourt, Pointe-à-Pitre.
Merse (Mélise), *idem*.
Servant, *idem*.
De Reseville, *idem*.
Lange (Fontinette), *idem*.
Penot, Moule.

Mmes Veuve Boulogne (J.-B.), Grand-Bourg.
Veuve Dacosta de Ferret, *idem*.
François, née Maulois, *idem*.

BOURSIERS COLONIAUX
dans les lycées de la Métropole.

MM. Nadeau des Ilets, de la Pointe-à-Pitre (à Caen).
Wolter, *idem* (à Orléans).
Morel, de la Basse-Terre (à Caen).
Saint-Mary, *idem* (à Saint-Brieuc).
Cren, de Saint-Martin (à Bordeaux).
Morin, de la Basse-Terre (à Brest).
Dupré, de la Pointe-à-Pitre (à Versailles).

Au petit séminaire collége de la Basse-Terre.

MM. Godefroy Dessources (Adolphe), de l'Anse-Bertrand (bourse entière).
Ruillier (Gaston), de l'Anse-Bertrand (bourse entière).
Louis Edmond (Armand-Clément-Alphonse), de la Pointe-à-Pitre (1/2 bourse).
Chardon (Félix), de la P.-àPitre (1/2 bourse).
Déjean (Ermer), de la Basse-Terre (1/2 bourse).
Lative (Dorval), de Bouillante (*idem*)
Rougé (Jean-Joseph-Guillaume-René), du Moule (*idem*).
Brugère (Jean-Baptiste-Marie-Ferdinand), de la Basse-Terre (3/4 bourse).
Callard, du Moule (1/2 bourse).
Quintrie (Lamothe), de la Basse-Terre (3/4 bourse).
Labarbe (Jules-Marie), *idem* (1/2 bourse).
Garnier Laroche (Marie-Urbain-Dorville), *idem*.
De Mérendol (Amédée), *idem* (bourse entière).
De Lagarde (Louis-Justinien-Adolphe), *idem* (1/2 bourse).
Lamarre (Paul-Émile), *idem*.
De Chicourt (Louis-Henri-Octave), *idem*.

MM. De Villepin (Charles), *idem* (bourse entière).
Senelle (Eugène), du Grand-Bourg, (*idem*).
Roux (Edgard) de la Basse-Terre (1/2 bourse).
Delrieu (Marie-Louis-Maurice), *idem*.
Henriet (Adolphe), de la Pointe-à-Pitre (*idem*).
Forestal (Justin-Amélius), des Trois-Rivières (*idem*)
Léger (Ernest-Fernand), de la Basse-Terre (*idem*).
Quin (Paul-Arthur), de la Pointe-à-Pitre (*idem*).

Au pensionnat de Saint-Joseph.

Mlles Villepin (de) (Léonie), de la Basse-Terre (bourse entière).
Crosnier (Emma), *idem*.
Leger (Lucy), *idem*.
Chauvel (Louise-Marie-Catherine), des Abymes, *idem*.
Pélissié de Montemont, de la Capesterre (Marie-Galante), *idem*.
Marbot (Edmée), de la Basse-Terre, *idem*.
Rullier (Mathilde), de la Basse-Terre, *idem*.
Bloncourt (Marie), de la Basse-Terre (1/2 bourse).
Huc (Eudoris), *idem*.
Roussel (Léonce), de Gourbeyre, idem.
Geanty (Berthilde), de la Basse-Terre, *idem*.
Parize (Marie-Éléonore-Marguerite-Henriette), *idem*.
Souques (Hélène), de Saint-Claude, idem.
Écotière (Marie-Antoinette), des Trois-Rivières, *idem*.
Fauvel (Marie-Gabrielle-Célestia), de la Basse-Terre, *idem*.
Labarbe (Eulalie), idem.
Pagès, de la Pointe-à-Pitre, idem.
Clayssen (Alix), de la Basse-Terre, idem.
Cleret (Laurence), idem.
Garnier Laroche (Marie), idem.
Bunel (Joséphine), idem.
De Daubine (Marie), idem.
De Maupertuis (Augustine), du Moule, idem.

CULTES.

CULTE CATHOLIQUE (voir Évêché).

CULTE PROTESTANT.

Consistoire du Marigot (Saint-Martin).

M. N..., pasteur de l'église réformée de Saint-Martin, président du consistoire.

MM. Dormoy, maire de Saint-Martin.

Dr Hodge, Hancock, Howell, Mildrum fils, J.-R. Richardson, Desbonnes père,	anciens ou notables laïques, membres du consistoire.

Les consistoires de chaque église réformée se composent des pasteurs attachés à cette église et d'anciens ou notables laïques choisis parmi les citoyens les plus imposés au rôle des contributions directes. Ils veillent au maintien de la discipline, à l'administration des biens de l'église et à celle des deniers provenant des aumônes. Tous les deux ans les anciens sont renouvelés par moitié.

Les synodes sont chargés de veiller sur tout ce qui concerne la célébration du culte, l'enseignement de la doctrine et la conduite des affaires ecclésiastiques. Leurs décisions sont soumises à l'approbation du gouvernement. Cinq églises consistoriales forment l'arrondissement d'un synode.

Les églises de cette communion ont une faculté de théologie à Montauban et une chaire de dogme à celle de Strasbourg.

ASSISTANCE ET SANTÉ PUBLIQUE.

JURY MÉDICAL.

Le conseil de santé de la colonie remplit les fonctions de jury médical, selon les dispositions des arrêtés des 7 janvier 1805 et 16 mai 1822.

Il est chargé, sous les ordres du Directeur de l'intérieur, de la police médicale et de la réception des officiers de santé, des pharmaciens et des sages-femmes.

MM. Saint-Pair ✻, D. M., médecin en chef, président;
Moufflet, D M., chirurgien de la marine de première classe;
Girardias, pharmacien de première classe;
Lignières, chirurgien de la marine de troisième classe, secrétaire.

COURS D'ACCOUCHEMENTS.

Basse-Terre.

MM. Moufflet, docteur médecin.

Pointe-à-Pître.

Loyseau, docteur médecin.

Grand-Bourg.

Senelle (Antoine), docteur médecin.

COMITÉS DE VACCINE.

Basse-Terre.

MM.	
Saint-Pair (O ✻.)	Le Maire.
Moufflet.	Le desservant de St-François.
Girardias.	Lignières, secrétaire.

Pointe-à-Pitre.

MM.	
Poupeau ✻.	Le Maire.
Pellarin.	Le desservant.
Cavalier.	Loyseau, secrétaire.

DOCTEURS EN MÉDECINE.

MM. Amic (C ✵), à la Pointe-à-Pitre.
Vatable ✵, à la Basse-Terre.
Saint-Pair (O ✵), *idem.*
Walther ✵, aux rapports, *idem.*
Moufflet, aux rapports, à la Basse-Terre.
Cabre, *idem.*
Lorrillard, *idem.*
Trébos, à l'Anse-Bertrand.
De Poyen (G.), aux rapports, au Port-Louis et à l'Anse-Bertrand.
Pierre-Charles (E.-R.), aux rapports, à Ste-Rose.
Diavet, aux rapports, au Lamentin.
L'Herminier (Ferdinand) ✵, à la Pointe-à-Pitre.
Granger ✵, *idem.*
Pellarin.
Jouannet (Laurent), *idem.*
Poupeau ✵, aux rapports, *idem.*
Loyseau, *idem.*
Desbonnes (J.), au Moule.
De Poyen (Émile), aux rapports, au Moule et à Sainte-Anne.
Senelle (P.-A.), aux rapports, au Grand-Bourg.
Lauriat, *idem.*
Poumeau ✵, aux Saintes.

OFFICIERS DE SANTÉ.

MM. Geanty, à la Pointe-Noire.
Bouillon (De), au Vieux-Fort.
Jeoffroy ✵, aux rapports, aux Trois-Rivières.
Dubisson, à la Capesterre.
Banon, aux rapports, *idem.*
Lacroix (De), aux rapports, au Petit-Bourg et à la Baie-Mahault.

MM. Raimond, au Canal.
Brosseau, aux rapports, Morne-à-l'Eau.
Labat (Dubourgeois), *idem.*
Lemoine (P.-P.), au Moule.
Massias de Bonne (L.-M.-A.), à Sainte-Anne.
Gautier jeune, aux rapports, Saint-François.
Crocquet, à la Désirade.

MÉDECINS ET CHIRURGIENS DE FACULTÉS ÉTRANGÈRES,
autorisés à exercer à la Guadeloupe.

MM. Maillard, à Saint-Martin.
Hodge Gumbs, *idem.*
Allaway, d. m., *idem.*
Fresnel, d. m., aux Vieux-Habitants et à Bouillante.

PHARMACIENS.

Clayssen, à la Basse-Terre.
Bogaërs, *idem.*
Granier de Cassagnac, *idem.*
Beaujean, *idem.*
Clayssen (Paul), *idem.*
Clayssen (Eugène), Pointe-Noire.
Houillier (Ch.), Capesterre.
Riffaud, au Lamentin.
Charbonné, habitant autorisé, Sainte-Rose.
Napias, à la Pointe-à-Pitre.
Barbottin, *idem.*
Clayssen, idem.
Guesde, *idem.*
Bureaux, *idem.*
Rigaud, idem.
Gédon (Pierre), *idem.*
Rous, droguiste, *idem.*
Brosseau, officier de santé autorisé, au Morne-à-l'Eau.
Denjoi, au Canal.

MM. Ambert, au Port-Louis.
L'Herminier (L.-F.-Édouard), au Moule.
Massias de Bonne, officier de santé autorisé, Sainte-Anne.
Gauthier, officier de santé autorisé, à St-François.
Rougé, *idem.*
Raiffer, *idem.*
Duportail, *idem.*
Crocquet, officier de santé autorisé, à la Désirade.
Thomas (Jules), habitant autorisé, aux Saintes.

SAGES-FEMMES.

Mmes. Palmer, à la Pointe-Noire.
Damas, à Bouillante.
Maurice (Valentine), aux Vieux-Habitants.
Dame Champagne, Baillif.
Veuve Symphor, à Saint-Claude.
Rosa Ithier Lavergneau, *idem.*
Risselar Civil, *idem.*
Veuve Layette, à la Basse-Terre.
Ambroisine (Ambroise), *idem.*
Veuve Numa, *idem.*
Boullon, *idem.*
Veuve Montreuil, *idem.*
Gélinard, *idem.*
Auguste Félix, *idem.*
Bossemane, *idem.*
Daçotin, *idem.*
Nérosier (Élisabeth), *idem.*
Michel (veuve) (Marie-Louise-Aurélie), *idem.*
Préat, née Marie-Françoise Barbillon, *idem.*
Lucas (Marie-Sidoine-Thérée), *idem.*
Tancral, à Gourbeyre.
Chicourt, *idem.*
Célimène, au Vieux-Fort.
Laurent, *idem.*
Veuve Pierre, née Robertine Pierval, aux Trois-Rivières.
Lapiat, *idem.*

Mmes Rosillette Sainval, *idem.*
Veuve Jacques, aux Trois-Rivières.
Zénon (Hilaire), *idem.*
Banaïas, Capesterre.
Citronelle Bélonie, à la Goyave.
Ovide, née Marie Christophe, *idem.*
Exupert, au Petit-Bourg.
Narcisse, à la Baie-Mahault.
Mélise Amélie, au Lamentin.
Nacris Marguerite, *idem.*
Fidel (Thérésia), à Sainte-Rose.
Ruffin, *idem.*
Riby (médaillée), à la Pointe-à-Pitre.
Veuve Montout, *idem.*
Fléau, *idem.*
Veuve Giraud, *idem.*
Mainguet, *idem.*
Veuve Grimchaud, *idem.*
Joséphine, dite Jojo, *idem.*
Veuve Pavillon, *idem.*
Hégot, *idem.*
Saint-Louis, *idem.*
Assé Marie-Élizabeth, *idem.*
Charles-Marie, née Jean-François, *idem.*
Héloïse, *idem.*
Veuve Mérail, *idem.*
Parfait (Joseph), *idem.*
Veuve Morel, dite Goodman.
Constantin, née Gayetan Annette, *idem.*
Veuve Deraine, née Jeanne-Rose-Élisabeth, *idem.*
Cusson (dame), au Gosier.
Casimir, au Canal.
Blavin, *idem.*
Piquien, au Port-Louis.
Manon, *idem.*
Dona, *idem.*
Veuve Drouet, *idem.*
Beaubrun Célina, au Moule.
Veuve Duval, *idem.*

Mmes Jean-Jacques Enfant, à Sainte-Anne.
Veuve Penelle, au Grand-Bourg.
Robert, *idem.*
Avril, *idem.*
Forestal, *idem.*
Adéline, *idem.*
Blausillon, à la Capesterre (Marie Galante).
Véronique Ursule, *idem.*
Roda, *idem.*
Églume, *idem.*
Lise Noël, *idem.*
Charles Rousseau, à Saint-Louis.
Veuve Judes, aux Saintes.

BUREAUX DE BIENFAISANCE DES COMMUNES.

MM. **Deshaies.**

Le maire, président.
Le desservant.
Février (Jean Baptiste).
Charbonué (Montrop).
Saint-Hubert (Clermont).
Le receveur.

MM. **Pointe-Noire.**

Le maire, président.
Le desservant.
Guilliod (François-Eugène).
Latour (Pierre).
Rousseau (Émile).
Le receveur.

MM. **Bouillante.**

Le maire, président
Le desservant.
Poirié (Jacques-Clermont).
Pagésy Zamour.
Le receveur.

MM. **Habitants.**

Le maire, président.
Le desservant.
Alcidony Beaugendre.
Fréjus (Mathurin-Noël).
Ajax (Eustache).
Le receveur.

MM. **Baillif.**

Le maire, président.
Le desservant.
Friberg (Ernest de).
Sollier (Billery-Alcide).
Latour (Éloi-Saturnin).
Le receveur.

MM. Saint-Claude.

Le maire, président.
Le desservant.
Rougé.
Cabre aîné (Antoine).
Prades (Pierre).
Le receveur.

MM. Basse-Terre.

Le maire, président.
Le desservant de St-Franç.
Idem de Mont-Carmel.
Laurichesse (Arm.-Auguste).
Clayssen (Paul-François).
Dourthe père.
Daver ✵.
Laporte (Éloi).
Le receveur.

MM. Gourbeyre.

Le maire, président.
Le desservant.
De Galéan (Mondésir).
Toublanc (J.-B.-M.).
Massieux (Saint-Germain).
Le receveur.

MM. Vieux-Fort.

Le maire, président.
Le desservant.
Bourgeois (Jean-Félix).
Marguerite (J.-M.).
Delannay (Edmond).
Le receveur.

MM. Trois-Rivières.

L'adjoint au maire, président
Le desservant.
De Moyencourt (Gabriel).
De Lacaze (C.-J.-A.).
Derussy (Saint-Hilaire).
Le receveur.

MM. Capesterre.

Le maire, président.
Le desservant.
Choneaux Dubisson.
Lafaurie (J.-B.).
Miolard (Louis).
Le receveur.

MM. Goyave.

Le maire, président.
Le desservant.
Martial.
Abeilard (Saint-Val).
Le receveur.

MM. Petit-Bourg.

Le maire, président.
Le desservant.
Villeneuve (Louis).
De Boyer (Eugène).
Matignon (Charles).
Le receveur.

MM. **Baie-Mahault.**

Le maire, président.
Le desservant.
Matignon (Alcide).
Lacout (Paulin).
Le receveur.
Reymonencq (L.-Pierre).

MM. **Lamentin.**

Le maire, président.
Le desservant.
Darasse (G.)
Saint-Martin (De) (V.-Guy).
Désir (Pierre).
Le receveur.

MM. **Sainte-Rose.**

Le maire, président.
Le desservant.
Villatte (Pierre-Marc).
Fart (Edmond-Charles).
Castaing (Louis).
Le receveur.

MM. **Pointe-à-Pitre.**

Le maire, président.
Le desservant.
Rochoux.
Dupont.
Jugla.
Du Bois (J.-Ponconrt).
Guilliod (Jean-François).
Le receveur.

MM. **Gosier.**

Le maire, président.
Le desservant.
Clavery (Gabriel).
Raimbaut (Charles-Frédéric)
Bourguignon (J.-B.-J.).
Le receveur.

MM. **Abymes.**

Le maire, président.
Le desservant.
Chanu (Henry).
Pasturin (Thomy).
David (C.-Magloire-Henry).
Le receveur.

MM. **Morne-à-l'Eau.**

Le maire, président.
Le desservant.
Le Valois (Philéas).
Delore (Jean).
Préville (Michel).
Le receveur.

MM. **Petit-Canal.**

Le maire, président.
Le desservant.
Chérot (Jean-Jacques).
Gaugy de Bullock (Henry).
Chérot Franville (P.-C.).
Le receveur.

MM. **Port-Louis.**

Le maire, président.
Le desservant.
Messin (Xavier).
De Poyen (Gustave).
Layerle (Pierre).
Le receveur.

MM. **Anse-Bertrand**

Le maire, président.
Le desservant.
Lemercier (Jules).
Ardène (Ernest)
Ruillier (Charles).
Le receveur.

MM. **Moule.**

Le maire, président.
Le desservant.
Ganibet.
Bentegeat.
D'Andouin.
Pérou (Augnste).
Le receveur.

MM. **Sainte-Anne.**

Le maire, président.
Le desservant.
Petit Lebrun.
De Casamajor (Charles).
De Surgy (Édouard).
Le receveur.

MM. **Saint-François.**

Le maire, président.
Le desservant.
Favreau (Egide).
Dénous (Ernest).
Chassaing (Édouard).
Le receveur.

MM. **Grand-Bourg.**

Le maire, président.
Le desservant.
Ballet (Lucien).
Vergé-Dépré (Louis).
Raiffer (Jean-Marie-Camille).
Partarrieu (J.-B.-Solon).
Duportail (Amédée).
Le receveur.

MM. **Capesterre (Marie-Galante).**

Le maire, président.
Le desservant.
Léandre (Saint-Jean).
Hildevert (Joachim).
Boulogne (Philéas).
Le receveur.

Saint-Louis.

MM.

Le maire, président.
Le desservant.
Neuilly (Cognet).
Vergé (Mondesir).
Lacavé (J.-L.-Lapalnn).
Le receveur

Désirade.

MM.

Le maire, président.
Le desservant.
Poullin (Paul).
Pic (L.-J.-B.).
Locquet (Zéphirin).
Le receveur.

Saintes.

MM.

Le maire, président.
Le desservant.
Martinet (Eugène).
Houëlche (Osmin).
Thomas (E.-B.).
Le receveur.

Commissaires quêteurs.

MM. N......
N......

Saint-Martin.

MM.

Le maire, président.
Le desservant.
French (Daniel).
De Durat (Louis).
Foulquier.
Le receveur.

HOSPICES GÉNÉRAUX.

Hospice général des lépreux. (Désirade).

Mmes Brière, sœur Élise.
Personny, sœur Philippe.
Pelusset, sœur Saint-Jean-Baptiste.
MM. Crocquet, médecin hospitalier.
N...., aumônier.

Commission consultative.

MM. Le maire, président.
Le desservant.
Poullin (Paul).
Pic (L.-J.-B.).
Locquet (Zéphirin).
Le receveur.

Hospice général des aliénés. (Saint-Claude.)

Mmes Chapuis, sœur Ursule.
Bourdaloue, sœur Claver.

MM. Le chirurgien de la marine, chargé du service de santé au Camp-Jacob, médecin.
Le curé de Saint-Claude, aumônier.

Commission consultative.

MM. Le maire, président.
Le desservant.
Rougé.
Cabre (Antoine).
Prades (Pierre).
Le receveur.

HOPITAUX-HOSPICES.

Hôpital-Hospice (Basse-Terre).

Commission administrative.

MM. Le maire, président.
Le desservant de Saint-François.
Le desservant de Mont-Carmel.
Laurichesse (Auguste).
Le Dentu (Henry).
Dourthe père.
Daver ✠.
Laporte (Éloi).
Le receveur.

Desvallons (Gilbert), économe régisseur.
Lorillard, médecin hospitalier.

Mmes Fontenelle, sœur Azèle.
Macé, sœur Symphorose.
Pioger, sœur Pélagie.

Hôpital-Hospice Saint-Jules. (Pointe-à-Pitre.)

Commission administrative.

MM. Le maire, président.
Le desservant.
Rochoux.
Dupont.
Jugla.
Guilliod.
Le receveur.

MM. Néron (Longpré), économe régisseur.
L'Herminier (Ferdinand) ✻, médecin hospitalier.
Jouannet, deuxième médecin.
L'abbé Belmont, aumônier.
Mmes Legendre (Julie), sœur Philomène, supérieure.
Barré, sœur Stanislas.
Albanque, sœur Adalbert.
Denian, sœur Clémentine.

Hôpital-Hospice Sainte-Élisabeth. (Abymes).

Commission administrative.

MM. Le maire, président.
Le desservant.
Chanu (Henry).
Pasturin (Thômy).
David (C.-L.-H.).
Le receveur municipal.

MM. Lacroix, économe régisseur.
L'Herminier ✻ (Ferdinand), médecin hospitalier en chef.
Loyseau, 2e médecin hospitalier.
L'abbé Poujade, aumônier.
Mmes Durand, sœur Saint-Lô, supérieure.
Bonnenfant, sœur Adine.
Rondil, sœur Saint-Georges.
Robert, sœur Sainte-Marie.

Hôpital-Hospice de la Capesterre.

Commission administrative.

MM. Le maire, président.
Le desservant.
Choneaux Dubisson.
Lafaurie.
Miolard (Louis).
Le receveur.

Mmes N......, sœur hospitalière.
N......, *idem.*
MM. Dupuy (François), économe provisoire.
Banon, médecin.

Hôpital-Hospice du Grand-Bourg.

Commission administrative.

MM. Le maire, président.
Le desservant.
Ballet (Lucien).
Vergé-Dépré (Louis).
Raiffer.
Partarrieu (Solon).
Duportail.
Le receveur.

MM. N......, économe.
Lauriat (Ernest), médecin.
Mmes Sion, sœur Benjamin.
Tible, sœur Gérasine.

Il existe à Saint-Martin une succursale de l'hospice du Grand-Bourg, confiée aux sœurs hospitalières de l'hôpital militaire.

MÉDECINS HOSPITALIERS,
attachés aux bureaux de bienfaisance.

MM. Geanty, à la Pointe-Noire et à Deshaies.
Fresnel, aux Habitants et à Bouillante.
Jeoffroy, aux Trois-Rivières.

MM. Loysean, à la Baie-Mahault.
Jouannet, à la Pointe-à-Pitre et au Gosier.
Brosseau, au Morne-à-l'Eau.
Trébos, au Port-Louis.
Desbonnes, au Moule.
Poyen (Émile de), à Sainte-Anne.
Pestre jeune, à Saint-François.
Chevrier, à Saint-Martin.

BOURSIER A L'INSTITUTION IMPÉRIALE DES SOURDS-MUETS DE BORDEAUX.

M. Champ (Pierre-Émile), orphelin, de Saint-Louis.

IMMIGRATION.

COMMISSARIAT.

MM. Huguenin, commissaire de l'immigration, inspecteur du service.
Mollenthiel (G.), sous-commissaire de l'immigration à la Basse-Terre,
Noirtin, *idem* à la Pointe-à-Pitre.

COMITÉ.

MM. Le Directeur de l'Intérieur, président.
De Chazelles, vice-président, membre de la chambre d'agriculture.
Perriollat, *idem*.
Partarrieu (Saint-Germain), *idem*.
Brunerie, membre de la chambre de commerce.
Picard (Eugène), *idem*.
Huguenin, commissaire de l'immigration, secrétaire.

SYNDICS.

Reboul ✻, pour la circonscription de la B.-Terre.
H. Lignières, pour celle de la Capesterre.
Lambert Bélarbre, pour celle du Moule.
Fidel, pour celle de la Pointe-à-Pitre.
Fernand Moustier, pour celle du Port-Louis.
Lamothe Quintrie, pour celle du Moule.
Grandfond, pour celle de Marie-Galante.

AGRICULTURE.

CHAMBRE DE LA GUADELOUPE.

Le Directeur de l'Intérieur ou le Maire, président.

Daver ✻, v.-présid.,
De Gantard (Fritz),
Négré (Édouard),
Renoir (Louis),
Daucourt (Émile),
Valeau (Auguste),
} Membres titulaires, résidant dans le canton de la Basse-Terre.

Membres adjoints.

MM. Roussel (Paul), pour le canton de la Capesterre.
Perriollat, pour le canton de la Basse-Terre.
Douënel (D'Herly), pour le canton de la P.-Noire.
De Mauret, pour le canton du Lamentin.

Membres correspondants.

MM. Granger (Luc).
Grellet-Baiguerie.
Mégy.
Marsolle (Saint-Olympe).
Capitaine (Hyacinthe).
De Moyencourt.
Lemerle de Beaufond ✻.
Dubut.
Huguenin.
Souques.
Michaux (Césaire).
Longueteau (Saint-Léger).
Longueteau (Henry).
Mollenthiel (Édouard).
Cardonnet.
Venture.

CHAMBRE DE LA GRANDE-TERRE.

MM. le Directeur de l'Intérieur, ou le Maire, président.

De Chazelles, vice-président, Duchassaing (F.). Sargenton (Félix), Claret (François). Desbonne (Isis),	Membres titulaires, résidant dans le canton du Moule.

Membres adjoints.

MM. De Reiset, pour le canton de la Pointe-à-Pitre.
Chefdrue ✻, pour le canton du Port-Louis.
Lahaye (J.-B.), pour le canton de Saint-François.

Membres correspondants.

MM. L'Herminier (Ferdinand) ✻.
Granger ✻.
Duchassaing (Auguste).
Douillard (Amédée).
De Richemont.
Galard de Zaleu.
Papin-Ruillier Beaufond.

CHAMBRE DES DÉPENDANCES.

Le Directeur de l'Intérieur, le Commandant particulier ou le Maire, président.

Bon, vice-président, Larrouy, T. Bonneterre Roussel Boulogne (Hubert). Rameaux fils, Tercily Bonneterre. V. Roussel.	Membres titulaires, résidant dans le canton de Marie-Galante.

Membres adjoints.

Partarrieu (St-Germain), pour le canton du Moule.
Casse (Gaspard), pour Saint-Martin.
Thionville (Henry), pour la Désirade.
Nesty, pour les Saintes.

Membres correspondants.

Bonneterre (A.-R.)
Ducos (Saint-Cyr).
Bonnet (Nicéphor).
Murat (Emmanuel).
Ravend (Guillaume).
Boulogne fils (Fleury).
Servant.
Ducos (Louis).
Dormoy.

SOCIÉTÉ D'AGRICULTURE DE LA POINTE-A-PITRE.

MM. De Reiset, président.
Claret, vice-président.
L'Herminier ✻, *idem*,
Dreveton, secrétaire.
N......., trésorier.

COMICES AGRICOLES.

District Sous-le-Vent.

(Ce comice a son siége à Boqillante).

MM. N......, président.
N......, vice-président.
N......, secrétaire.

Basse-Terre.

MM. N......., président.
De Friberg ✻, vice-président.
Aubin, secrétaire-archiviste.
Valeau (Auguste), secrétaire-adjoint.

Capesterre.

MM. Bon Ambert (Camille) ✻, président.
Roussel (Paul), vice-président.
Castaing, secrétaire.

Port-Louis.

MM. Quin (Charles), président.
Barbotteau (P.), vice-président.
Maudet, secrétaire.

Moule et Saint-François.

MM. Desbonne (Isis), président.
N..... .., vice-président.
N......., secrétaire.

Marie-Galante.

MM. Bonneville, président.
N......., vice-président.
N......., secrétaire.

Saintes (Terre-de-Bas).

MM. Nesty, président.
N......., vice-président.
N......., secrétaire.

Désirade.

MM. Pain, président.
N......., vice-président.
N......., secrétaire.

Saint-Martin.

MM. Morel de Lacolombe, président.
N......., vice-président.
French (Daniel), secrétaire.

COMMISSION

Pour l'achat des cotons de qualité supérieure.

MM. Le Commissaire de l'immigration, président.
Deville, vice-président.
De Laroncière.
Bonneville.
Pic aîné.
Thionville, courtier.
Le Délégué du contrôle colonial.

COMITÉ CORRESPONDANT

de la société impériale d'acclimatation de Paris.

MM. Daver ✵, Desbonnes, Capitaine, Guesde, Royer ✵, membres.

Vétérinaires du Gouvernement.

MM. Royer ✵, médecin vétérinaire à la Basse-Terre.
Michelon, médecin vétérinaire à la Pointe-à-Pitre.

COMMERCE ET INDUSTRIE.

BANQUE COLONIALE.

MM. Dancy (Adrien), directeur.

Conseil de la Banque.

Cassé, trésorier particulier.
Verteuil, négociant.
Chefdrue ✵, propriétaire.
Cornillot, délégué du contrôle.
Thionville, censeur électif.
Monnerot (S.), suppléant.

CHAMBRE DE COMMERCE DE LA BASSE-TERRE.

MM. Le Directeur de l'Intérieur ou le maire, président.
Defresnay (V.), vice-président.
Cabre (A.), secrétaire trésorier.
Chaulet, Brunerie, Lanrezac (C.), Laporte (E.), membres titulaires.

Membres adjoints.

MM. Bonneville, pour Marie-Galante.
N......, pour Saint-Martin.

N......, pour les Saintes.
N......, pour la Désirade.
N......, pour la Capesterre.
N......, pour la Pointe-Noire.

Membres correspondants.

Robert, de la Pointe-Noire.
Tavernier, de la Capesterre.
Bonneterre (A.), de Marie-Galante.
Reimonet, des Saintes.
Devers (Lambert), de Saint-Martin.

CHAMBRE DE COMMERCE DE LA POINTE-A-PITRE.

MM. Le Directeur de l'Intérieur, le délégué de l'Intérieur ou le maire, président.
René (A.), vice-président.
De la Roncière (A.), secrétaire trésorier.
Picard (Eugène),
Roubeau (J.-P.).
Dupont (S.).
Monnerot (S.).
Richand (S.).
Tournier (F.).
Jugla (St-Clair).
} membres titulaires.

Membres adjoints.

MM. Darasse (Joseph), pour le Lamentin.
Chefdrue ✻, pour le Port-Louis.
Philotée Limbo, pour Saint-François.
Duchassaing, pour le Moule.

Membres correspondants.

N.......
N.......
N.......

Agents du commerce près les entrepôts.

F.
Th. aporte, à la Basse-Terre.
Le D. anty (Théodore), à la Pointe-à-Pitre.

Interprètes.

MM. Lacour (Auril), à la Basse-Terre.
Lauriat (Alexandre), au Moule.
Lafontaine fils, au Port-Louis.
Pélissier de Montemont, à Marie-Galante (en congé)
Bigard, à Saint-Martin.

Les fonctions d'interprète sont remplies à la Pointe-à-Pitre par deux courtiers de commerce.

Courtiers de commerce.

MM. Lacour (Auril), à la Basse-Terre.
Carrassus, syndic, Pointe-à-Pitre.
Maillard (Philippe-Lafayette), *idem.*
Thionville (Hilaire), *idem.*
Chardon (Léonce), *idem.*

Commissaires priseurs.

MM. Gilardin, à la Basse-Terre.
Ladrière (Auguste), à la Pointe-à-Pitre.
Villoing, au Port-Louis
Saget (Ch.-Oscar), au Moule.
Dournaux, à Marie-Galante.
Relion, à Saint-Martin.

Abattoirs publics.

Ils sont sous la surveillance des vétérinaires et de l'autorité municipale.

MM. Lafages, commis percepteur à la Basse-Terre.
N......, commis percepteur à la Pointe-à-Pitre.

ENSEIGNEMENT INDUSTRIEL.

Boursier de la colonie à l'école vétérinaire d'Alfort.

M. Royer (Léon).

CONSULAT D'ANGLETERRE.

M. Crawford (James), consul à la Pointe-à-Pitre.

CONSULAT DES ÉTATS-UNIS.

MM. Kimball (Charles), consul à la Pointe-à-Pitre.
Auril Lacour, agent consulaire à la Basse-Terre.

SERVICE DES CONTRIBUTIONS.

DIRECTION.

MM. Faudon, inspecteur, chef du service.
N......, contrôleur.
Michel (Henri), commis.
Lafages (Verneuil), écrivain.

SERVICE EXTÉRIEUR.

Recenseurs de 1re classe.

Méyère (Jean-François), Basse-Terre.
Rousseau (Jean-Luc), Grand-Bourg.

Recenseurs de 2e classe.

Pingeon (Louis-Vincent, Moule.
Longchamp de (Louis-Charles), Trois-Rivières.
Bourinet (Eugène), Pointe-à Pitre

Recenseurs de 3e classe.

Manpetit (Arthur), Baillif.
Verlas (Claude-Alexandre), Sainte-Anne.
Douillard (Charles), Port-Louis.
Jouannet (Félix), Abymes.
Bloncourt (Melfort), Petit-Bourg.
Lacour (Augustin), Canal.
Middleton (Charles), Pointe-Noire.
Dain (Amédée), Lamentin.
Viotty (Horace), commis, Saint-Martin.

Vérificateurs des poids et mesures

Christophe (Pierre-Auguste), Pointe-à-Pitre.
Féreire de Saint-Antonin, Basse-Terre.

POSTE AUX LETTRES.

MM. Chapp, receveur comptable à la Basse-Terre.
Augé, commis.

Première ligne. (De la Basse-Terre au Petit-Bourg.)

MM. Lavergneau, buraliste à Saint-Claude.
Delle Nelson, buraliste à Gourbeyre.
Derussy, buraliste aux Trois-Rivières.
Michineau, buraliste au Vieux-Fort.
Veuve Mouton, buraliste à la Capesterre.
MM. Robin, buraliste à la Goyave.
Monroux, buraliste au Petit-Bourg.

Deuxième ligne. (Du Petit-Bourg à Sainte-Rose.)

MM. Lassalle, buraliste à la Baie-Mahault.
Veuve Valleton, buraliste au Lamentin.
Henry Édouard, buraliste à Sainte-Rose.

Troisième ligne. (De la Pointe-à-Pitre à l'Anse-Bertrand.)

MM. Boullemer (Eugène), receveur à la Pointe-à-Pitre.
Beugniet, commis receveur, *idem*.
Médéric (Adolphe), buraliste aux Abymes.
Delorc, buraliste au Morne-à-l'Eau.
Ducoulombier, buraliste au Petit-Canal.
Senac (Hyacinthe), buraliste au Port-Louis.
Casse, buraliste à l'Anse-Bertrand.

Quatrième ligne. (De la Pointe-à-Pitre au Moule.)

MM. Blanchet (Auguste), buraliste au Gosier.
Dame Saint-Vanne, buraliste à Sainte-Anne.
Adrien Joseph, buraliste à Saint-François.
Dame Bertrand, receveuse au Moule.

Cinquième ligne. (De la Basse-Terre à Deshaies.)

MM. Turlet, buraliste au Baillif.
Isaac, buraliste aux Vieux-Habitants.
Surville (Jules), buraliste à Bouillante.
Veuve Legros, buraliste à la Pointe-Noire.
Dame Quin, buraliste à Deshaies.

Sixième ligne. (De la Pointe-à-Pitre aux dépendances du sud.)

MM. Thionville (Henry), buraliste à la Désirade.
Thomas (Jules), buraliste aux Saintes.
Dame Dournaux, receveuse au Grand-Bourg.
Baucage (Narcisse), buraliste à la Capesterre (Marie-Galante).
Ézélis (Sydney), buraliste à Saint-Louis.

Septième ligne. (De la Basse-Terre à Saint-Martin.)

M. Amic, buraliste au Marigot.

Facteurs.

MM. Savary (Joseph-Alexandre), Basse-Terre.
Léal (Henry), *idem.*
Leufroy (Louis-Dalmas), Pointe-à-Pitre.
Ducos (Jean-Marie-Louis-Charles), *idem.*
Jure (Camille-Alexandre), *idem.*
Anosime (Verneuil), Moule.
Reinette (Louis-Amédée), Grand-Bourg.

TAXES DES LETTRES ET PAQUETS DE PAPIERS.

1. La taxe des lettres circulant de bureau à bureau, dans l'intérieur de la colonie, est ainsi fixée :

	LETTRES affranchies.	LETTRES non affranch.
Jusqu'à 7 grammes et demi inclusivement	0f 20c	0f 30c
Au-dessus de 7 grammes et demie jusqu'à 15 grammes inclusivement	0 40	0 60
Au-dessus de 15 grammes jusqu'à 100 gr. inclusivement..................	0 80	1 20

Les lettres et paquets de papiers, dont le poids dépasse 100 grammes, sont taxés 80 centimes ou 1 fr. 20 cent. pour chaque 100 grammes ou fraction de 100 grammes, excédant les 100 premiers grammes, selon qu'ils ont été ou qu'ils n'ont pas été affranchis. (Arrêté du 10 novembre 1857.)

2. Les taxes mentionnées dans l'article précédent sont réduites de moitié pour les lettres et paquets qui ne circulent pas de bureau à bureau, c'est-à-dire pour ceux dont le point de départ et le point d'arrivée se trouvent dans la même commune. (*Idem.*)

3. Les lettres et paquets à destination de l'extérieur doivent suivre la voie qui leur est ouverte par les expéditeurs ou par les circonstances. (Arrêté du 10 novembre 1857.)

Les lettres non affranchies expédiées de la colonie pour la France ou l'Algérie doivent, à moins d'indication contraire apposée sur l'adresse par les envoyeurs, être transmises par la voie des paquebots britanniques, toutes les fois que, par cette voie, elles pourront parvenir à destination plus promptement que par la voie directe des bâtiments naviguant entre la métropole et les colonies.

Quant aux correspondances affranchies, elles sont transmises par la voie que comporte la taxe d'affranchissement acquittée par les envoyeurs. (Article 3 du règlement annexé au décret du 26 novembre 1856.)

4. Les lettres et paquets de la France, de l'Algérie ou de la Martinique pour la Guadeloupe, et réciproquement, transportés par les bâtiments à voiles naviguant entre les ports de la métropole et ceux de la Guadeloupe, ou entre les ports de la Martinique et de la Guadeloupe, sont soumis aux mêmes conditions de taxe et de transmission que les lettres circulant de bureau à bureau dans l'intérieur de la colonie.

Il est perçu, en outre, dix centimes pour chaque lettre ou paquet, quelqu'en soit le poids, ce qui établit la tarification suivante, savoir :

	LETTRES af-franchies.	LETTRES non affranch.
Jusqu'à 7 grammes et demi inclusivement..........	0f 30c	0f 40c
De 7 grammes et demi à 15 grammes inclusivement	0 50	0 70
De 15 grammes à 100 gr. inclusivement...........	0 90	1 30
De 100 grammes à 200 gr. inclusivement...........	1 70	2 50

Et ainsi de suite, en ajoutant, de 100 grammes en 100 grammes, 80 centimes pour les lettres affranchies et 1 fr. 20 cent. pour les lettres non affranchies. (Lois des 3 mai 1853 et 20 mai 1854.)

5. Les lettres et paquets de la France et de l'Algérie pour la Guadeloupe, et réciproquement, transportés par les paquebots britanniques, sont taxés comme suit :

	LETTRES affranchies.	LETTRES non affranch.
Jusqu'à 7 grammes et demi inclusivement	0f 50c	0f 60c
De 7 grammes et demi à 15 grammes inclusivement	1 00	1 20
De 15 grammes à 22 gr. et demi inclusivement......	1 50	1 80
De 22 grammes et demi à 30 grammes inclusivement	2 00	2 40

Et ainsi de suite, en ajoutant, de 7 grammes et demi en 7 grammes et demi, une taxe simple en sus. (Décret du 26 novembre 1856.)

6. Les lettres et paquets de la Guadeloupe pour la Martinique, la Guyane française, les îles Saint-Pierre et Miquelon, le Sénégal, l'île de Gorée, la Réunion, Mayotte et dépendances, Sainte-Marie de Madagascar, les établissements français dans l'Inde, et réciproquement, expédiés par la voie des paquebots britanniques et de la France, sont taxés comme suit :

	LETTRES affranchies.	LETTRES non affranch.
Jusqu'à 7 grammes et demi inclusivement..........	1f 00c	1f 10c
De 7 grammes et demi à 15 grammes inclusivement	2 00	2 20
De 15 grammes à 22 grammes et demi inclusivement....	3 00	3 30
De 22 grammes et demi à 30 grammes inclusivement	4 00	4 40

Et ainsi de suite, en ajoutant, de 7 grammes et demi en 7 grammes et demi, une taxe simple en sus. (Articles 2 et 3 du décret du 19 mai 1859.)

7. Les lettres et paquets expédiés, soit de la Guadeloupe pour les pays étrangers auxquels la France sert d'intermédiaire, soit de ces pays étrangers pour la Guadeloupe, peuvent être acheminés, par la voie des paquebots britanniques, aux conditions déterminées par le tableau suivant :

DÉSIGNATION DES PAYS ÉTRANGERS AUXQUELS LA FRANCE SERT D'INTERMÉDIAIRE.	CONDITIONS de l'affranchissement.	LIMITE de l'affranchissement	TAXE à percevoir par lettre simple.
Espagne, Portugal et Gibraltar....................	obligat.	Béhobie.	$0^f\ 70^c$
Belgique, Grands-duchés du Luxembourg et de Bade, Cantons suisses..............................	facultatif.	destinat.	0 80
Bavière, Prusse, Duchés d'Anhalt, principautés de Waldeck et de Hohenzollern, Hesse-Darmstadt, Hesse-électorale, Saxe-Weimar, Eisenach, Duché de Nassau, de Saxe-Cobourg-Gotha et de Saxe-Meiningen-Hildbourghausen; Principautés de Hesse-Hombourg, de Lippe, de Reuss, de Schwarzbourg-Rudolstadt, villes libres de Francfort-sur-le-Mein et États Sardes.	facultatif.	destinat.	0 90
Royaumes des Pays-Bas, de Hanovre et de Saxe, grands-duchés de Mecklembourg-Schwerin, de Mecklembourg-Strelitz et d'Oldembourg, duchés de Brunswick			

DÉSIGNATION DES PAYS ÉTRANGERS AUXQUELS LA FRANCE SERT D'INTERMÉDIAIRE.	CONDITIONS de l'affranchissement	LIMITE de l'affranchissement	TAXE à percevoir par lettre simple.
et de Saxe-Oltenbourg, villes de Brême, Hambourg et Lubeck, grand duché de Toscane, Tunis, Duché de Parme et de Modène, île de Malte..............	facultatif.	destinat.	1f 00c
Royaume des Deux-Siciles..........................	facultatif.	destinat.	1 20
États pontificaux, Constantinople, Gallipoli, les Dardanelles, Metelin, Smyrne, Rhodes, Mersina, Alexandrette, Latakié, Tripoli (Syrie), Beyrouth, Jaffa et Alexandrie................................	facultatif.	destinat.	1 30
Iles Ioniennes..................................	obligat.	Trieste.	1 30
Provinces autrichiennes, Belgrade (Servie), Danemark, Suède, Norvège, Russie, Pologne, Moldavie, Valachie et Royaume de Grèce......................	facultatif.	destinat.	1 60

(Décret du 26 novembre 1856.)

8. Les lettres et paquets de la Guadeloupe pour l'Angleterre, et réciproquement, transportés par les paquebots britanniques, doivent être affranchis en numéraire, et sont soumis à la taxe anglaise de 60 centimes pour chaque poids de 14 grammes ou fraction de 14 grammes excédant. (Dépêche ministérielle du 20 juillet 1858, n° 328.)

9. Les lettres et paquets expédiés de la Guadeloupe par la voie des paquebots britanniques, pour les pays dont l'énumération suit, doivent être affranchis et sont soumis aux taxes anglaises ci-dessous indiquées, pour chaque poids de 14 grammes ou fraction de 14 grammes excédant, savoir :

TAXE A 40 CENTIMES.

Martinique.
Cayenne.
Saint-Thomas.
Sainte-Croix.
Panama.
La Guayra.
Guyane Hollandaise.
Porto-Cabello.
Carthagène.
Buenavensura.
Santa-Martha.
Aspin-Wal.
Californie.
Saint-Pierre Miquelon.
Saint-Barthélemy.

TAXE A 1 FR. 25 CENT.

Cuba.
États-Unis.
Costa-Rica.
San-Salvador.
Porto-Rico.
Guatemala.
Haïti.
Nicaragua.
Tampico.
Vera-Cruz.
Honduras.

TAXE A 1 fr. 65 CENT.

Toutes les villes de la partie Ouest de l'Amérique (République de l'Équateur, Bolivie, Chili, Pérou).

10. Les lettres et paquets adressés de la France et de l'Algérie aux militaires et marins de tout grade résidant à la Guadeloupe ou attachés à la station navale des Antilles, et réciproquement les lettres et paquets adressés en France et en Algérie par les militaires et marins, ne supportent que la taxe territoriale fixée par l'article 1er, sans supplément de taxe pour le parcours de voie de mer, lorsqu'ils sont transportés exclusivement par des services français ou par les bâtiments de l'État. (Loi du 29 juin 1792.)

Les mêmes lettres transmises par l'intermédiaire des paquebots britanniques sont soumises, comme celles des particuliers, aux taxes fixées par les conventions conclues avec l'office anglais.

TAXE DES JOURNAUX ET DES IMPRIMÉS DE TOUTE NATURE.

11. Les journaux, gazettes, ouvrages périodiques, livres brochés, livres reliés, brochures, papiers de musique, catalogues, prospectus, annonces et avis divers imprimés, gravés, lithographiés ou autographiés, qui sont expédiés pour la France au moyen des bâtiments du commerce, doivent être affranchis par les envoyeurs jusqu'au port d'embarquement.

Ils sont soumis à la taxe de 4 centimes pour chaque paquet portant une adresse particulière et par chaque poids de 40 grammes ou fraction de 40 grammes excédant.

La même taxe est applicable aux journaux et autres imprimés qui sont expédiés, soit d'un point à un autre de la colonie, soit directement de la Guadeloupe pour les pays étrangers ou pour les colonies françaises autres que la Martinique. (Arrêté du 10 mars 1857.)

12. Les journaux et imprimés de toute nature expédiés pour la colonie de la Martinique par la voie du commerce, doivent être affranchis jusqu'à destination. Ils sont soumis à la taxe de 8 centimes pour chaque paquet portant une adresse particulière, et par chaque poids de 40 grammes ou fraction de 40 grammes excédant. (Arrêté du 10 février 1858.)

13. Les taxes et droits à percevoir sur les journaux et les imprimés de toute nature arrivant par la voie de France, au moyen des bâtiments du commerce, doivent être payées par les destinataires, à raison de 8 centimes pour chaque paquet portant une adresse particulière et par chaque poids de 40 grammes ou fraction de 40 grammes excédant.

Les mêmes taxes et droits sont applicables aux journaux et imprimés de toute nature arrivant directement des pays étrangers ou des colonies françaises autres que la Martinique. (Arrêtés du 10 mars 1857 et du 10 février 1858.)

14. Les journaux et imprimés de toute nature arrivant directement de la Martinique par la voie du commerce, ne sont soumis à aucune taxe dans les bureaux de poste de la Guadeloupe, s'ils ont été affranchis au bureau de poste expéditeur. (Arrêté du 10 février 1858.)

15. Les journaux et imprimés de toute nature expédiés de la France et de l'Algérie pour la Guadeloupe, et réciproquement, par la voie des paquebots britanniques, doivent être affranchis par les envoyeurs jusqu'à destination.

Ils sont soumis à une taxe de 13 centimes pour chaque paquet portant une adresse particulière et par chaque poids de 40 grammes ou fraction de 40 grammes excédant. (Décret du 26 novembre 1856.)

16. Les journaux et imprimés de toute nature expédiés de la Guadeloupe pour l'Angleterre et les pays étrangers, désignés en l'article 7, par la voie des paquebots britanniques, doivent être affranchis jusqu'à la frontière de sortie de France.

Les objets de même nature expédiés par la même voie desdits pays étrangers pour la Guadeloupe, doivent être affranchis jusqu'à la frontière d'entrée en France.

La taxe à percevoir à la Guadeloupe sur les objets mentionnés dans le présent article est la même que celle spécifiée en l'article précédent. (Décret du 26 novembre 1856.)

17. Les journaux et imprimés de toute nature expédiés de la Guadeloupe par la voie des paquebots britanniques, pour les colonies françaises désignées en l'article 6, *les établissements de l'Inde exceptés*, et réciproquement, doivent être affranchis par les envoyeurs jusqu'à destination.

Ils sont soumis à une taxe de 25 centimes pour chaque paquet portant une adresse particulière et par chaque poids de 40 gr. ou fraction de 40 gr. excédant. (Art. 5, 6 et 7 du décret du 19 mai 1859.)

18. Les journaux expédiés de la Guadeloupe, par la voie des paquebots britanniques, pour les deux premières catégories de pays étrangers, dont l'énumération est faite en l'article 9, doivent être affranchis jusqu'à destination.

Ils sont soumis à la taxe anglaise de 20 centimes pour chaque feuille, quelle qu'en soit la dimension, indépendamment de celle qui est spécifiée en l'article 11, pour leur trajet jusqu'au port d'embarquement.

La taxe anglaise est de 40 centimes pour les journaux à destination de la République de l'Équateur, de la Bolivie, du Chili et du Pérou.

19. Pour jouir des modérations de port indiquées ci-dessus, les journaux et autres imprimés doivent être affranchis jusqu'aux limites respectivement fixées par les règlements, être mis sous bandes et ne contenir aucune écriture, chiffre ou signe quelconque à la main, si ce n'est l'adresse du destinataire.

Ceux desdits objets qui ne réunissent pas ces conditions sont considérés comme lettres non affranchies et traités en conséquence. (Décrets des 12 juillet et 26 novembre 1856.)

20. Les taxes prévues dans l'article précédent sont payées par l'expéditeur, lorsque, par une cause quelconque, elles n'ont pas été acquittées par le destinataire.

En cas de refus de payement, le recouvrement en est opéré par voie de contrainte décernée par le receveur du bureau expéditeur, visée et déclarée exécutoire par le juge de paix du canton. (Loi du 20 mai 1854.)

SERVICE DE LA PERCEPTION.

TRESOR.

MM. Navailles ✠, trésorier payeur, trésorier des invalides de la marine, caissier des prises et des gens de mer, à la Basse-Terre.

Cassé, trésorier particulier à la Pointe-à-Pitre.

Girard, chef de comptabilité, fondé de pouvoirs, Basse-Terre.

Bonnin, caissier, *idem*.

Paris, caissier, Pointe-à-Pitre.

PERCEPTEURS.

Arrondissement de la Basse-Terre.

Percepteurs	Communes
MM. Munier	Basse-Terre. Gourbeyre.
Rogé	Habitants. Baillif. Saint-Claude.
C. Jérôme	Bouillante. Pointe-Noire. Deshaies.
Saint-Géraud	Capesterre. Trois-Rivières. Vieux-Fort.
A. Desnoyers, percepteur centralisateur	Saintes.
G. Casse, percepteur centralisateur	Grand Bourg.
A. Brument	Capesterre (M.-Galante) Saint-Louis.
Morel de Lacolombe, percept. centralisat.	Saint-Martin.

Arrondissement de la Pointe-à-Pitre.

MM. Cassé	Pointe-à-Pitre.
Angrand	Abymes. Gosier.
F. Lauriat	Morne-à-l'Eau. Petit-Canal.
J. Caignet	Port-Louis. Anse-Bertrand.
E. Beauperthuy, percepteur centralisat.	Moule. Saint-François. Sainte-Anne.
Arçon	Désirade.
Hérisson	Goyave. Petit-Bourg. Baie-Mahault.
Thomas	Lamentin. Sainte-Rose.

HUISSIERS DU DOMAINE.

Arrondissement de la Basse-Terre.

MM. Figon, Basse-Terre.
Gicusse, idem.
Fortin, idem.
De Lagarde, Baillif.
Lange, idem.
Cluzet, Pointe-Noire.
Bonneau, Trois-Rivières.
Ferdinand Désir, idem.
Boisel, Grand-Bourg.
Boulogne (Saint-Cyr), Capesterre (Marie-Galante).
Samuël, Saintes.
Deshonnes (Philippe), Saint-Martin.

Arrondissement de la Pointe à-Pitre.

MM. Lemoyne (Doro), Pointe-à-Pitre.
Ténar, idem.

MM. Testu (Joseph-Rigobert), Abymes.
Sanz, idem.
Hubert de Chadois, Petit-Canal.
Munier, idem.
Lecomte (Sainte-Croix), Port-Louis.
Hubert (Mathurin-Félix), idem.
Ricard, Moule.
Félix (Henry), idem.
Rupert (Belmont), Désirade.
Pachot, Petit-Bourg.
Hughues (Monlouis), idem.
D. Lemoyne, Lamentin.
Talandau, idem.

SERVICE DE L'ENREGISTREMENT, DES DOMAINES, ET DE LA CURATELLE AUX SUCCESSIONS VACANTES.

MM. Garnier-Laroche, 1er vérificateur, chef du service, Basse-Terre.
Lassigniardie, vérificateur.
N......, *idem*.

1er Bureau de la Basse-Terre.

Cleret, conservateur des hypothèques, receveur de l'enregistrement et des domaines, et curateur aux successions vacantes.

2e Bureau de la Basse-Terre.

Bonneville, receveur des amendes, des actes de justices de paix et des huissiers.

Bureau de la Capesterre.

Besnard, receveur de l'enregistrement et des domaines.

1er Bureau de la Pointe-à-Pitre.

Roussel-Bonneterre, conservateur des hypothèques, receveur des domaines, et curateur aux successions vacantes.

2e Bureau de la Pointe-à-Pitre.

De Faucompré, receveur des actes civils et judiciaires.

3e Bureau de la Pointe-à-Pitre.

Ballet, receveur des amendes, des actes de justice de paix et des huissiers.

Bureau du Moule.

Cornette de Venancourt, receveur de l'enregistrement et des domaines.

Bureau du Port-Louis.

Chabot, receveur de l'enregistrement et des domaines.

Bureau du Lamentin.

Favreau (Edgard), receveur de l'enregistrement et des domaines.

Bureau de Marie-Galante.

Petrégille, conservateur des hypothèques, receveur de l'enregistrement et des domaines, et curateur aux successions vacantes.

Bureau de Saint-Martin.

Sinson, conservateur des hypothèques, receveur de l'enregistrement et des domaines, et curateur aux successions vacantes.

COMMIS-RECEVEURS.

Larchevesque Thibauld.
Favreau (Auguste).
Mélesse.

SURNUMÉRAIRES FAISANT FONCTION DE COMMIS RECEVEURS.

David.
Gers des Rivières.

SURNUMÉRAIRES.

Payen.
Roux.
N......

CONSEILS DE CURATELLE.

ARRONDISSEMENT DE LA BASSE-TERRE.

MM. Lacour, conseiller, président.
Le procureur impérial.
De Merendol, chef du bureau d'administration, à la direction de l'intérieur.

ARRONDISSEMENT DE LA POINTE-A-PITRE.

Le procureur impérial, président.
Faure, juge.
N.........

ARRONDISSEMENT DE MARIE-GALANTE.

Le procureur impérial, président.
Dorn, juge.
N.........

COMITÉ CONSULTATIF POUR LE CONTENTIEUX ADMINISTRATIF.

Ce comité est appelé à donner son avis sur les affaires contentieuses et les transactions intéressant les communes et les établissements publics en général. Il se compose de

MM. Lignières, ✵ avocat, président.
Mollenthiel (Auguste), notaire.
Payen, avocat.

AVOUÉS DU DOMAINE.

Payen, avocat à la Basse-Terre.
Lalung, avocat à la Pointe-à-Pitre.

NOTAIRE DU GOUVERNEMENT.

Mollenthiel (Auguste).

LISTE NOMINATIVE

Des personnes désignées par le Conseil général pour la formation des jurys en matière d'expropriation pour cause d'utilité publique en 1857.

(Article 29 du sénatus-consulte du 3 mai 1856).

MM. *Arrondissement de la Basse-Terre.*

1 Quin (Valentin), Deshaies.
2 Migneret (Jean-Baptiste), Pointe-Noire.
3 Marsolle (Saint-Olympe), Bouillante.
4 Renoir (Auguste), Habitants.
5 Cachard (Ferdinand), *idem.*
6 Blandin (Visita), *idem.*
7 Soret (Jean-Henri), Baillif.
8 De Friberg (Ernest), *idem.*
9 Valeau (Joseph-Auguste), *idem.*
10 Daucourt (Marc-Émile), *idem.*
11 Michaux (Antoine-Césaire), Saint-Claude.
12 Amé-Noël (François-Joseph), *idem.*
13 Le Dentu (Charles), *idem.*
14 Eggimann (Alfred), *idem.*
15 Brunerie, Basse-Terre.
16 Dourthe, *idem.*
17 Martin, *idem.*
18 Longueteau (Saint-Léger), Gourbeyre.
19 Mercier (Jean-Louis), Vieux-Fort.
20 Venture, Trois-Rivières.
21 Crane (Léonce), *idem.*
22 Contois (Marius), *idem,*
23 Babin (Charles-Simon), Capesterre.

24 Gervais (Charles), *idem*.
25 Rousseau (Hippolyte), Goyave.
26 De Poyen (Ferdinand), *idem*.
27 Reimonet (Théodore), Saintes.
28 Dormoy (Georges), *idem*.
29 O'Reilly (Philippe), *idem*.
30 Morel de Lacolombe, Saint-Martin.

MM. *Arrondissement de la Pointe-à-Pitre.*

1 De Verdier (William), Petit-Bourg.
2 Pouzols (Auguste), *idem*.
3 Nouy (Charles-André), Lamentin.
4 Darasse (Guillaume), *idem*.
5 Descamps (Auguste), Baie-Mahault.
6 Gaussin (Charles), *idem*.
7 Granger (Louis), Sainte-Rose.
8 Courau (Clément), *idem*.
9 Leger (Anatole), Pointe-à-Pitre.
10 Arthur (T.), *idem*.
11 Petit (Alexandre), *idem*.
12 Douillard (Amédée), Gosier.
13 De Lacroix (E.-G.), Abymes.
14 Chauvel (F.), *idem*.
15 Lapierre de Mélinville (Auguste), Morne-à-l'Eau.
16 Bonnaffé (Jean), *idem*.
17 Chefdrue ✠, Canal.
18 Leterrier de Manneville, *idem*.
19 Beutier, Port-Louis.
20 Barbotteau (Philippe), *idem*.
21 Papin Ruillier Beaufond, Anse-Bertrand.
22 Ruillier (Charles), *idem*.
23 Guy (Paul), Moule.
24 Guyot (Olive), *idem*.
25 Duchesne (Solitaire), *idem*.
26 Bourgoin, *idem*.
27 De Chazelles (Alphonse), Sainte-Anne.
28 Favreau (Pierre-Egide), Saint-François.
29 Vezoux (Auguste), *idem*.
30 Thionville (Henri), Désirade.

MM. *Arrondissement de Marie-Galante.*

1 Partarrieu (Saint-Germain), Grand-Bourg.
2 Roussel Botreau (Victor), *idem.*
3 De Retz (Arthur), *idem.*
4 Bon (Félix-Étienne), *idem.*
5 Ducos (L.-Second), *idem.*
6 Murat (Emmanuel-Dominique), *idem.*
7 Roussel Bonneterre (Tercily), *idem.*
8 Bonnet (Jean-François), *idem.*
9 Ballet (Jacques-Lucien), *idem.*
10 Germain (Seymour-Louis-Auguste), *idem.*
11 Boulogne (Boivin-Arthur), *idem.*
12 Lafontaine (Victor), *idem.*
13 Rameau (J.-Joseph-Guillaume), Capesterre.
14 Ravend (Guillaume), *idem.*
15 Roussel (Louis), *idem.*
16 Boulogne (Antoine-Décap), *idem.*
17 Pélissié de Montemont, *idem.*
18 Boulogne fils (L.-Henry), *idem.*
19 Célestin fils, *idem.*
20 Wachter (Sainte-Rose), *idem.*
21 Vergé (Charles), *idem*
22 Boulogne (St-Villiers-St-Clair), Saint-Louis.
23 Lapalun Lacavé (Fidélis), *idem.*
24 Cognet (Neuilly), *idem.*
25 Lapalun Lacavé (Létang), *idem.*
26 Wachter (Gervais), *idem.*
27 Vergé (Mondésir), *idem.*
28 Roussel-Bonneterre (Charles), *idem.*
29 Placide (Paul), *idem.*
30 Larrouy (Louis), *idem.*

HABITATIONS DOMANIALES.

Dolé (Gourbeyre).

M. Belugou, fermier.

Grand-Marigot (*Baillif*).

M. Daucourt, fermier.

BAC DE PASSAGE DE LA RIVIÈRE-SALÉE.

M. N......, régisseur.

SERVICE DES DOUANES.

DIRECTION.

MM. Le Merle de Beaufond (Constant-Césaire) ✻, *Directeur.*
Peillon (Jules), *premier commis de la direction.*
Le Merle de Beaufond (Émile), *deuxième commis de la direction.*
Aiguier, *surnuméraire.*
Luciu, *idem.*

INSPECTION.

M. K/enscoff de la Pommeraye (Édouard), *sous-inspecteur divisionnaire.*

Bureau de la Pointe-à-Pitre!

MM. De Bougerel (Sextius), *sous-inspecteur*, chef de bureau.
Lombard (Charles), *contrôleur.*
Baudoin (Pierre), *vérificateur de première classe.*
Faudet (Paul), *vérificateur de première classe.*
Schramm (Alphonse), *idem.*
Ballot (Alphonse), *commis principal de première classe.*
Viau (Benoît), *vérificateur de deuxième classe.*

MM. Du Lyon de Rochefort, *commis principal de deuxième classe.*
Gardin (Émile), *vérificateur de troisième classe.*
Breton (Jean), *commis de première classe.*
Pauvert (Louis-Edgard), *idem.*
Savornin (Jules), *idem.*
De Larosière (Achille), *idem.*

Bureau de la Basse-Terre.

MM. Le Golias (Julien), *contrôleur,* chef de bureau.
Banny (Gaston), *vérificateur de deuxième classe.*
Bunel (Vctor), *commis de première classe.*
Houllier (Auguste), *idem.*
De Fougières (Raoul), *idem.*

Bureau du Moule.

MM. Duparcq (Charles), *vérificateur de première classe, chef de bureau.*
Le Terrier de Mennetot (Camille), *commis de première classe.*

Bureau de Marie-Galante.

MM. Reynès (Adolphe), *vérificateur de deuxième classe, chef de bureau.*
Sentinier (Henri), *commis de première classe.*

Bureau du Port-Louis.

M. Défendini (Charles), *brigadier buraliste.*

Bureau de Saint-Martin.

M. Amic (Charles), *commis de première classe, chef de service.*

Brigade à terre.

MM. Roger (Jean-Baptiste), *lieutenant de deuxième classe, à la Pointe-à-Pitre.*
Desroques (Charles), *idem, à la Basse-Terre.*

Service à la mer.

M. N..... lieutenant commandant de patache.

Entrepôt de la Pointe-à-Pitre.

M. Geanty (Théodore), *agent du commerce.*

Entrepôt de la Basse-Terre.

M. Laporte, *agent du commerce.*

Commission pour l'examen des morues.

Dans les ports ouverts au commerce, cette commission se compose :

D'un officier de l'administration de la marine,
D'un agent du contrôle,
D'un fonctionnaire de l'administration municipale,
D'un sous-inspecteur ou vérificateur des douanes,
D'un membre de la chambre ou du bureau de commerce ou, à défaut, d'un négociant notable,
D'un officier de santé de la marine ou d'un pharmacien, avec voix consultative.

Commission chargée du recensement des produits de la dépendance de Saint-Martin.

Elle se compose :

De l'inspecteur des douanes, président,
Du maire du Marigot ou de l'un de ses adjoints,
Du chef du bureau des douanes,
De deux habitants désignés par les trois membres précédents,
Du délégué du contrôle colonial.

Commission des mercuriales.

Elle est composée :

De l'employé supérieur des douanes le plus élevé en grade, présent au lieu de la réunion de la commission, président,
D'un sous-inspecteur ou d'un vérificateur des douanes,
De deux négociants patentés, l'un de première, l'autre de deuxième classe,
De deux courtiers de commerce.

SERVICE DES PONTS ET CHAUSSÉES.

MM. Dubut, ingénieur colonial, chef du service.

Bureau de l'ingénieur chef du service.

MM. Blanchet, chef de comptabilité.
Bénard, dessinateur.
Lamarre, commis.
Martin, *idem.*

CADRE DU SERVICE.

MM. La Solgne de Vauclin ✻, ingénieur colonial.
N......., *idem.*
Tanque, conducteur de 1re classe.
De Poyen, *idem.*
Belbèze, *idem.*
Caigniet, conducteur de 4e classe.
De Bovis, *idem.*
Louis-Joseph, dit Lisout, *idem.*
De Bérard, *idem.*
Arquizan, *idem.*
Thiriot, *idem.*

Hors cadre.

Nesty (Georges), aspirant ingénieur.

SERVICE DES ARRONDISSEMENTS.

Arrondissement de la Basse-Terre.

MM. Belbèze, conducteur de 1re classe, ff. d'ingénieur d'arrondissement.
Louis-Joseph, dit Lisout, chef de la sixième section (Capesterre, Goyave).
Caignet, chef de la septième section (Basse-Terre, Gourbeyre, Trois-Rivières et Vieux-Fort).
De Bovis, chef de la huitième section (Saint-Claude, Baillif et Habitants).
Nesty, aspirant ingénieur, chef de la neuvième section (Pointe-Noire, Bouillante, Deshaies).

Arrondissement de la Pointe-à-Pitre.

MM. La Solgne de Vauclin ❊, ingénieur colonial, chef d'arrondissement.

Thiriot, conducteur de 4e classe, chef de la première section (Port-Louis, Anse-Bertrand, Canal.

Tanque, conducteur de 1re classe, chef de la deuxième section (Moule, Morne-à-l'Eau).

De Bérard, chef de la troisième section (Sainte-Anne, Saint-François).

Arquizan, conducteur de 4e classe, chef de la quatrième section (Pointe-à-Pitre, Abymes, Gosier).

De Poyen, conducteur de 1re classe, chef de la cinquième section (Petit-Bourg, Baie-Mahault, Lamentin, Sainte-Rose).

Arrondissement de Marie-Galante.

N....., chargé du service.

TRAVAUX COMMUNAUX ET GRANDE VOIRIE.

Ces travaux sont dirigés par l'ingénieur colonial chef du service, et par les ingénieurs d'arrondissement.

Agents voyers et architectes.

MM. Martin, à la Basse-Terre.

Trouillé, à la Pointe-à-Pitre.

Henry ❊, aux Trois-Rivières, à Gourbeyre et au Vieux-Fort.

Les chefs de section des ponts et chaussées sont chargés du service dans les autres communes.

ARPENTEURS COMMISSIONNÉS.

MM. Martin, Basse-Terre.

Henry ❊, *idem.*

Decroux, *idem.*

Durand, *idem.*

Trouillé, Pointe-à-Pitre.

Fabius, *idem.*

Faget de Quennefer, *idem*,

Félix Barjon, *idem.*

Madec fils, Anse-Bertrand.

MM. Geanty, Saint-François.
Barrière, Moule.
Tanque, *idem*.
Lacroix, Morne-à-l'Eau.
Lange, Lamentin.
Lemoine-Maudet, Sainte-Anne.

COMMISSION DE SURVEILLANCE DE LA NAVIGATION A VAPEUR.

Cette commission se compose, dans chaque port, des membres suivants:

Les ingénieurs des ponts et chaussées en résidence dans le port;

Le commissaire ou préposé à l'inscription maritime;

Le capitaine, lieutenant ou maître de port résidant sur les lieux;

Les officiers du génie militaire en résidence dans le port;

Les capitaines des bâtiments à vapeur de l'État et du commerce, assistés de leurs maîtres mécaniciens;

Un ou plusieurs maîtres mécaniciens à la désignation du Directeur de l'Intérieur.

COMMISSIONS DE SURVEILLANCE DES CHEMINS VICINAUX.

Guadeloupe.

MM. Ambert ✱, maire de la Capesterre.
Amé-Noël, propriétaire à Saint-Claude.
Le Dentu, avocat à la Basse-Terre.
De Mauret, maire de Sainte-Rose.
Négré, maire de Gourbeyre, membre du conseil général,
Renoir.

Grande-Terre.

MM. De Bérard, propriétaire à Sainte-Anne.
Chefdrue ✱, membre du conseil général.
De Jabrun, propriétaire au Morne-à l'Eau, *idem*.
De Venancourt, propriétaire à Sainte-Anne.

Dépendances

MM. Bonneville, maire du Grand-Bourg, membre du conseil général.
Boulogne (Hubert), maire de la Capesterre (M.-G.).
Cognet, adjoint, ff. de maire, à Saint-Louis.
Létang, propriétaire aux Saintes.

SERVICE DE L'IMPRIMERIE DU GOUVERNEMENT.

MM. Morel, chef du service.
N....., sous-chef.
Wirquin, commis rédacteur.
Villoing, compositeur.
Saint-Hilaire (Télesphore), relieur.
Jeanton, imprimeur-lithographe.
Baptiste (Louis), compositeur.
Matthieu (Aristide), *idem*.
Clément, *idem*.
Charvet (Henri), relieur.
Célicourt (Mellons), imprimeur.

POLICE.

MM. Blein, commissaire de police cantonal de 2e classe, Pointe-Noire.
Poujal, *idem* de 1re classe, Basse-Terre.
Jaffard, *idem* de 3e classe, Capesterre.
Forget, *idem*, Lamentin.
Landreau, *idem* de 1re classe, Pointe-à-Pitre.
Loumagne, commissaire de police adjoint, *idem*.
Négrié, commissaire de police cantonal de 3e classe, Port-Louis.
De Gaalon, *idem*, Saint-François.
Bougenot, *idem* de 2e classe, Moule.
Frossard, *idem* de 3e classe, Grand Bourg.
Coquille, *idem* à Saint-Martin.

SERVICE DES PRISONS.

M. Roussel-Bonneterre Botreau (Joseph), inspecteur, chef du service.

MAISON CENTRALE DE FORCE ET DE CORRECTION DE L'ILET-A-CABRI (SAINTES).

Pour les hommes et les femmes condamnés à plus d'un an d'emprisonnement.

MM. Desnoyers (Adolphe), régisseur.
Denis (Jean-René), greffier, gardien-chef.
Le desservant de la Terre-de-Haut, ff. d'aumônier.
Mathéï, chirurgien de la marine, chargé du service de santé.

MAISONS DE CORRECTION ET DE DISCIPLINE.

Basse-Terre.

Pour les femmes condamnées à moins d'un an d'emprisonnement et pour les disciplinaires. — Un quartier sert de maison d'éducation correctionnelle aux jeunes filles.

MM. Payen (Jules), régisseur.
Bordier, aumônier.
Moufflet, chirurgien de la marine, chargé du service de santé.

Pointe-à-Pitre.

Pour les hommes condamnés à moins d'un an d'emprisonnement et pour les disciplinaires.

MM. De Massias de Bonne, régisseur.
L'abbé Vial, aumônier.
Pellarin, chirurgien de la marine, chargé du service de santé.

Grand-Bourg.

Pour les hommes condamnés à moins d'un an d'emprisonnement et pour les disciplinaires.

MM. Louchant, gardien-chef.
Senelle (Antoine), D. M., chirurgien de la marine, chargé du service de santé.

Saint-Martin.

Un quartier de correction et de discipline est établi dans la maison de police municipale.

M. Willy Gumbs, gardien.

Les prisons de la Basse-Terre, de la Pointe-à-Pitre, du Grand-Bourg et de Saint-Martin servent aussi de maisons d'arrêt. Celles de la Basse-Terre et de la Pointe-à-Pitre servent de maisons de justice.

MAISON D'ÉDUCATION CORRECTIONNELLE.

Abymes.

MM. Bastard (Georges-Volny), gardien chef.
Loyseau, D. M., chargé du service de santé.

PRISONS CANTONALES.

MM. Bastien, gardien à la Capesterre.
Peltier, *idem* au Port-Louis.
Dupré (François), *idem* au Moule.
Chéry (Marius), *idem* à la Pointe-Noire.
Galmiche, *idem* à Saint-François.
Boulard, *idem* au Lamentin.

COMMISSION DE SURVEILLANCE DES PRISONS.

Il est établi dans chaque prison une commission composée :

Du maire, président ;
De l'aumônier de la prison ;
D'un conseiller municipal.

Le président du tribunal de première instance et le procureur impérial sont de droit membres de la commission de surveillance.

ADMINISTRATION DE LA JUSTICE.

M. LUCIEN BAFFER ✲, *Procureur général.*

ORDRE JUDICIAIRE.

COUR IMPÉRIALE.

MM. Fichet ✲, *président.*
Cleret ✲, *conseiller.*
Meyrac, *idem.*
Dain (Charles), *idem.*
Lacour, *idem.*
Ternisien, *idem.*
Jouannet, *idem.*
Dupuy, *idem.*
Sudraud Desisles, *conseiller auditeur.*

CONSEILLER HONORAIRE.

M. Darchis ✲.

Parquet.

MM. Lucien Baffer ✲, *procureur général.*
Conquérant ✲, *premier substitut.*
Deslandes, *second substitut.*

Greffe.

MM. Caillet, *greffier.*
Deville de Périère (Charles), *commis greffier.*

SECRÉTARIAT DU PROCUREUR GÉNÉRAL.

MM. Mathéy (Auguste), *chef.*
Quernel (Jules), *secrétaire rédacteur.*
Coudroy de Lauréal, *expéditionnaire.*

TRIBUNAUX DE PREMIÈRE INSTANCE.

Tribunal de la Basse-Terre.

MM. Giacobbi, *président.*
Duchassaing de Fontbressin, *juge d'instruction.*

Aubin, juge.
Lignières ✱, avocat, *juge suppléant.*
Eggimann, notaire, *idem.*

Parquet.

MM. Montigny de Pontis, *procureur impérial.*
Ondin, *substitut.*

Greffe.

MM. Clayssen, *greffier.*
Parize (Jules), *commis greffier.*

Tribunal de la Pointe-à-Pitre.

MM. Eimar de Jabrun, *président.*
Faure, *juge d'instruction.*
Daney de Marcillac, *juge.*
Borde, *idem.*
Planel Arnous, avocat-avoué, *juge suppléant.*
Caussade ✱, avocat, *idem.*

Parquet.

MM. Partarrieu, *procureur impérial.*
Diavet, *premier substitut.*
N......., *second substitut.*

Greffe.

MM. Magloire, *greffier.*
Mathéy (Ernest), *commis greffier.*

Tribunal de Marie-Galante.

MM. Gaigneron de Marolles, *président.*
De Possac, *juge d'instruction.*
Cordier-Beaufond, *juge.*

Parquet.

MM. Bazot, *procureur impérial.*
Tinel de Lisac, *substitut.*

Greffe.

MM. Roche, *greffier.*
Monlois, *commis greffier.*

JUSTICES DE PAIX.

Arrondissement de la Basse-Terre.

Premier canton.

Ce canton comprend les communes de la *Basse-Terre*, de *Saint-Claude*, de *Gourbeyre*, du *Vieux-Fort*, du *Baillif* et des *Vieux-Habitants*.

Le siége de ce canton est à la *Basse-Terre*.

MM. Vauchelet ✻, *juge de paix*.
Rullier, *suppléant*.
Parize, *greffier*.

Deuxième canton.

Ce canton comprend les communes de la *Capesterre*, des *Trois-Rivières*, de la *Goyave* et des *îles des Saintes*.

Le siége de ce canton est à la *Capesterre*.

MM. Quin, *juge de paix*.
Nesty, *suppléant*.
Larchevesque Thibaud, *greffier*.

Troisième canton.

Ce canton comprend les communes de la *Pointe-Noire*, de *Deshaies* et de *Bouillante*.

Le siége de ce canton est à la *Pointe-Noire*.

MM. Darasse, *juge de paix*.
N......, *suppléant*.
Jean-Jacques, *greffier*.

Quatrième canton.

Ce canton comprend les communes du *Marigot* de l'île St-Martin, et tout le territoire de la partie française de cette île.

Le siége de ce canton est au bourg du *Marigot*.

MM. Delrieu, *juge de paix*.
De Méry d'Arcy, *suppléant*.
Foulquier, *greffier*.

Arrondissement de la Pointe-à-Pitre.

Cinquième canton.

Ce canton comprend les communes de la *Pointe-à-Pitre*, des *Abymes*, du *Gosier* et du *Morne-à-l'Eau*.

Le siége de ce canton est à la *Pointe-à-Pitre.*

MM. Dreveton, *juge de paix.*
Thionville (Louis), *suppléant.*
Jollivière, *greffier.*

Sixième canton.

Ce canton comprend les communes du *Lamentin*, de la *Baie-Mahault*, du *Petit-Bourg* et de *Ste-Rose.*

Le siége de ce canton est au *Lamentin.*

MM. Dain, *juge de paix.*
N......, *suppléant.*
Destaing, *greffier.*

Septième canton.

Ce canton comprend les communes du *Port-Louis*, du *Petit-Canal* et de *l'Anse-Bertrand.*

Le siége de ce canton est au *Port-Louis.*

MM. De Pondevès D'amirat, *juge de paix.*
Lemoine-Maudet, *suppléant.*
Guys, *greffier.*

Huitième canton.

Ce canton comprend les communes du *Moule* et de *Sainte-Anne.*

Le siége de ce canton est au *Moule.*

MM. Joubert, *juge de paix.*
Douillard, *suppléant.*
Cochet, *greffier.*

Neuvième canton.

Ce canton comprend les communes de *Saint-François.* et de *la Désirade*

Le siége de ce canton est à *Saint-François.*

MM. De Salvert, *juge de paix.*
Duchesne, *suppléant.*
Casy, *greffier.*

Arrondissement de Marie-Galante.

Dixième canton.

Ce canton comprend les communes de Grand-Bourg, Capesterre (Marie-Galante) et Saint-Louis.

Le siége de ce canton est au *Grand-Bourg.*

MM. Fichet, *juge de paix.*
N. . . . . . ., *suppléant.*
Moringlane, *greffier.*

AVOCATS ET AVOUÉS.

A la Basse-Terre.

AVOCATS.

MM. Lignières père ❋.
Bélot fils.

AVOUÉS.

Le Dentu , *avocat.*
Payen, *idem.*
A. de Villeneuve.
Crocquet.
Mollenthiel (Ém.), *avocat.*
Le Dentu (Henry), *idem.*
Lignières (Armand), *idem.*
Beleurgey (Eugène) , *idem.*

A la Pointe-à-Pitre.

AVOCATS.

Barret.
Duplaa.
Rochoux.
Champy (Théodore).
Mittre.
De Reiset.
Pouzolz.
Léger (Charles).

AVOUÉS.

Champy ❋.
Descamps, *avocat.*
Néron de Verville, *idem.*
Ruillier, *idem.*
Planel Arnous, *idem.*
Soucaret.
Marchal, *avocat.*
Lalung.
N. . . . .
N. . . . .

A Marie-Galante.

AVOUÉS.

Baudin, *avocat.*
Desabaye,
N. . . . .

NOTAIRES.

A la Basse-Terre.

MM.

Mollenthiel (Auguste),
Baudot ✻.
Rullier.
Th. Bunel.
Eggimann.
Delmas de la Coste.
Mollenthiel (Louis).

A la Pointe-à-Pitre.

MM.

Thionville (A.) ✻.
Johanneton.
Guilliod.
Gardemal.
Leger (Alexis-Edmond).
Lacroix.
Leger (Alcide-Adolphe-Louis).
Berthé Saint-Ange.

Dans les Communes.

MM. Nesty, *à la Capesterre.*
Douillard, *au Moule.*
Cicéron, *idem.*
Duchesne, *à Saint-François.*
Lemoine Maudet, *au Port-Louis.*
N....., *au Petit-Canal.*
N....., *à Sainte-Anne.*

Dans les Dépendances.

MM. Carreau, *à Marie-Galante.*
Castets, *idem.*
Garny de la Rivière, *idem.*
N......, *à la Désirade.*
De Méry d'Arcy, *à Saint-Martin.*

HUISSIERS.

A la Basse-Terre.

MM. De Mussard, *près la cour impériale.*
Merle, *idem.*
Tertrais, *près le tribunal de première instance.*
Suriant dit Grusse, *idem.*
Favreau, *idem.*

A la Pointe-à-Pitre.

MM. Daran
Combe.
Foucard.
Hurgon (Charles Théodore).
Hurgon (Thibus).
Thérace.

Au Grand-Bourg.

MM. Mathieu (Charles).
Rallion.

Dans les cantons.

MM. Carrère, *au Moule.*
Beaupin, *au Port-Louis.*
Joseph Arsène, *au Lamentin.*
Winston, *à la Pointe-Noire.*
Bernissant, *à la Capesterre.*
Gustave (Adolphe), *à Saint-François.*
Rellion, *à Saint-Martin.*

BUREAUX DE L'ASSISTANCE JUDICIAIRE.

ARRONDISSEMENT DE LA BASSE-TERRE.

MM. Garnier-Laroche, chef du service de l'enregistrement.
Brugère ✻, chef de bureau de 1re classe à la direction de l'Intérieur.
Mollenthiel (Louis), notaire.
Le Dentu (Henri), avocat-avoué.
Lignières (Armand), *idem.*

ARRONDISSEMENT DE LA POINTE-A-PITRE.

MM. De Faucompré, receveur de l'enregistrement.
Joubert (Adolphe), secrétaire en chef de la mairie.
Guilliod, notaire.
Marchal, avocat-avoué.
Soucaret, avoué.

ARRONDISSEMENT DE MARIE-GALANTE.

MM. Carreau, notaire.
Garny de la Rivière, *idem.*
Baudin, avocat-avoué.

COLLÉGE DES ASSESSEURS
pour 1860, 1861 et 1862.

MM. ARRONDISSEMENT DE LA BASSE-TERRE.

Adnesse (Jean-Baptiste), marchand et propriétaire, Trois-Rivières.
Cabre (Auguste-Étienne-Élisabeth), négociant, B.-Terre.
Cardonnet (Louis-Marie-Antoine-Léo), habitant propriétaire, Trois-Rivières.
Chaulet (Antoine-Léonce), commis à la direction de l'Intérieur, propriétaire, Saint-Claude.
Clayssen (Clément), habitant propriétaire, Basse-Terre.
Comon (Victor), négociant, *idem.*
Daucourt (Eugène-Jean-Baptiste), habitant propriétaire, Baillif.
Delrieu (Louis Bernard-Amélius), sous-commissaire de la marine, Basse-Terre.
Duc (Jean-Marie-Darius), négociant, *idem.*
Duflo (Georges-Gustave), habitant propriétaire, Baillif.
Fougas (Jacques-Jean-Baptiste), *idem*, Saint-Claude.
Galéan (Mondésir de), *idem*, Gourbeyre.
Granier de Cassagnac (Jean-Marie), pharmacien, Basse-Terre.
Joseph (André), négociant, *idem.*
K/venou (Louis-Eugène-Couppé de), géreur d'habitation, Trois-Rivières.
Laporte (Charles-Éloi), négociant, Basse-Terre.
Larieux (Jean), *idem.*

Lavergneau-Ithier (Thomas-Numa), maire et propriétaire, Vieux-Habitants.

Le Golias (Julien), contrôleur divisionnaire des douanes, Basse-Terre.

Longueteau (Victor), habitant propriétaire, Gourbeyre.

Lorillard (Pierre), docteur médecin, Saint-Claude.

Michaux, géreur d'habitation, *idem*.

Monchy (Louis-Marie-Delmance de), négociant, Basse-Terre.

Pinder (Jean-Baptiste-Ernest), *idem*.

Reimonet (Théodore), maire et propriétaire, Saintes.

Roubeau (Michel-Numa), négociant, Basse-Terre.

Rougemont (Ferdinand de), *idem*.

Rousseau (Arthur), ferblantier et propriétaire, *idem*.

Silly de Vipart (Louis-François), géreur d'habitation, Saint-Claude.

Walther (Charles-Nicolas), capitaine d'infanterie en retraite, Basse-Terre.

MM. ARRONDISSEMENT DE LA POINTE-A-PITRE.

Aigoin (Pierre-Cécile), restaurateur, Pointe-à-Pitre.

Alcindor (Louis), commerçant et propriétaire, *idem*.

Auril (Victor), géreur d'habitation, Petit-Canal.

Barbotteau (Philippe), propriétaire, Port-Louis.

Barreyre (Pierre), commerçant, Pointe-à-Pitre.

Barzilay, négociant, *idem*.

Blanchet (Charles-Gustave), propriétaire, Abymes.

Bloncourt (Sainte-Marie-Octave), *idem*.

Bouchet (Antoine), instituteur, *idem*.

Bourgoin (Pierre-Nicolas), propriétaire, Sainte-Anne.

Darasse (Guillaume), *idem*, Lamentin.

Descamps (Auguste), *idem*, Baie-Mahault.

Fleurot (Jules), négociant, Pointe-à-Pitre.

Frésia (Louis), propriétaire, Gosier.

Guesde (Pierre-Mathieu), pharmacien, Pointe-à-Pitre.

Hue (Adolphe), négociant, *idem*.

Imbert (Gaspard-Joseph), commerçant, *idem*.

Isaac (Jean-Jacques), entrepreneur, *idem*.

Jean-Louis jeune, propriétaire, Sainte-Anne.
Laforcade (Albin), négociant, Pointe-à-Pitre.
Lansac (Pierre), commerçant, *idem*.
Lebégue (Charles-Théodore), horloger, *idem*.
Lieutaud (François-Xavier), négociant, *idem*.
Pasturin (Marie-Thomas), propriétaire, Abymes.
Pic (Louis-Jean-Baptiste), *idem*, Baie-Mahault.
Poyen (Alexandre de), conducteur des ponts et chaussées, *idem*.
Raby (Joseph-Édouard), négociant, Pointe-à-Pitre.
Richemont (Jules Le Mercier Maisoncelle de), propriétaire, Gosier.
Rozières (Ernest), *idem*, Morne-à-l'Eau.
Samin (Henry-Auguste), négociant, Pointe-à-Pitre.

CONTROLE COLONIAL.

M. **MARBOT** ✻, commissaire de la marine, *Contrôleur colonial.*

MM.

Basse-Terre.

Mussard Duchaudy, aide-commissaire de la marine, *chef du bureau central.*

Coquille, commis de la marine.

Coudroy de Lauréal, écrivain de la marine.

Pointe-à-Pitre.

Cornillot, sous-commissaire de 1re classe, *préposé au contrôle.*

LISTE ALPHABÉTIQUE

Des membres de l'ordre impérial de la Légion d'Honneur résidant à la Guadeloupe.

MM. **Commandeurs.**

Amic, médecin en chef de la marine en retraite.
Frebault, colonel d'artillerie de marine, gouverneur.

MM. **Officiers.**

Billecocq, ex-directeur de l'administration intérieure (en retraite).
Bontemps, commissaire général de la marine.
Ladrière, capitaine d'infanterie de la marine.
Saint-Pair, médecin en chef de la marine.

MM. **Chevaliers.**

Ambert, maire de la Capesterre.
André, capitaine d'infanterie de marine.
Baffer, procureur général impérial.
Baudot, chef de bataillon des milices.
Belleroche (Corentin), ancien négociant.
Beucher, sous-commissaire de la marine.
Bigot, chirurgien de la marine.
Bonnet, conseiller privé.
Boullemer, ancien officier des milices.
Bourget, maréchal des logis chef de la gendarmerie
Bouvet, lieutenant-colonel d'infanterie de marine.
Brugère, chef de bureau à la direction de l'intérieur.
Champy, avoué, ancien maire de la Pointe-à-Pitre.
Charlemagne, pêcheur.
Chazelle (de), habitant.
Chefdrue, habitant.
Chicourt (de), sous-commissaire de marine (en retraite)
Cleret, conseiller à la cour impériale.

MM. Chevaliers.

Cochez, maréchal des logis de gendarmerie.
Commin, chef d'escadron de gendarmerie.
Conquérant, 1er substitut du procureur général.
Costet, commissaire-adjoint de la marine.
Cren, chef de bataillon d'infanterie de marine.
Crosnier, capitaine adjudant de place.
Cusson, pêcheur.
Damiens, chef de bataillon du génie.
Darasse, capitaine de milice.
Daver, pharmacien de la marine de 2e classe (en retraite).
Delsaux, capitaine en premier d'artillerie, chef d'état-major du Gouverneur.
Deproit, capitaine adjudant-major d'infant. de msrine.
Dézos, sergent d'infanterie (en retraite).
Écotière, capitaine d'infanterie de marine (en retraite).
Fichet, président de la cour impériale.
Forcade, évêque de la Guadeloupe.
Gaalon (de), ancien capitaine d'infanterie.
Gaillard, garde du génie.
Galtier de Laroque, délégué de l'intérieur (en retraite).
Gères (de), directeur d'artillerie.
Gilbert, garde d'artillerie.
Granger, docteur en médecine.
Henry, ingénieur colonial des P. et Chaussées (en retraite).
Houëlche, capitaine de milice.
Huart, lieutenant de vaisseau
Hurfort, chef de bataillon d'infanterie de la marine.
Jabrun (de) (Eymar), habitant.
Jandard, lieutenant d'infanterie de marine.
Jeoffroy, chirurgien de la marine de 2e cl. (en retraite).
La Borde, sous-commissaire de la marine.
Labro, lieutenant de gendarmerie.
Lagarde (de), garde du génie de première classe (en retr.).
Laurichesse, négociant.
Lavollé, conseiller privé.
Lebrun, capitaine d'infanterie de marine.
Leger, notaire à la Pointe-à-Pitre.

MM. Chevaliers.

Lemerle de Beaufond, directeur des douanes.
L'Herminier, docteur en médecine.
Lignières, avocat.
Longueteau, chirurgien de la marine.
Marais, ancien conseiller à la cour d'appel.
Marbot, commissaire de la marine.
Marchaisse, chef de bataillon d'infanterie de marine.
Martin, commandant particulier à Saint-Martin.
Mazé, commissaire-adjoint de la marine.
Monjardin, maître de port, Pointe-à-Pitre.
Navailles, trésorier payeur.
Pascaud, capitaine de port à la Pointe-à-Pitre.
Pestre, chirurgien de la marine de 2e classe.
Petit, capitaine d'infanterie de marine.
Poumeau, médecin.
Poupeau, chirurgien principal de la marine.
Ponthier, lieutenant de vaisseau.
Reboul, capitaine d'infanterie de marine (en retraite).
Regnault, capitaine de gendarmerie.
Royer, médecin vétérinaire.
Ruillier, capitaine adjudant-major d'infanterie de la marine.
Rutye-Bellacq (de), directeur de l'Intérieur.
Segonne, soldat au 2e régiment d'infant. de marine.
Senelle (Charles), chirurgien de la marine de 2e classe.
Solleville, lieutenant de gendarmerie.
Stahl, capitaine d'infanterie de marine.
Tandou aîné, ex-juge de paix.
Terrail, ancien maire et avoué.
Thionville, ancien président de ville.
Thionville, président du conseil général.
Vatable, ancien second médecin en chef de la marine.
Vauchelet, juge de paix à la Basse-Terre.
Vermot, capitaine-major.
Vigneux, capitaine de port à la Basse-Terre.
Walther, chirurgien principal de la marine.
Walther, capitaine d'infanterie de marine (en retraite).

MM. MÉDAILLE MILITAIRE.

Beaumont, caporal au 2e régiment d'infanterie de marine.
Bichat, brigadier de gendarmerie.
Cardot, lieutenant d'artillerie de marine.
Cochez, maréchal des logis de gendarmerie.
Couty, sergent d'infanterie de marine.
Finot, *idem*.
Fraisse, brigadier de gendarmerie.
Goublet, 1er maître de timonnerie.
Guinaud, maréchal des logis de gendarmerie.
Hasbroucq, sergent d'infanterie de marine.
Hilaire, sous-lieutenant d'infanterie de marine.
Le Sévennet, brigadier de gendarmerie.
Magnin, gendarme.
Matter, sapeur au 2e régiment d'infanterie de marine.
Quoniam, sergent d'infanterie de marine.
Sauvage, gendarme.
Vergnolles, sous-lieutenant d'artillerie de marine.

MM. MÉDAILLE DE SAINTE-HÉLÈNE.

Bazile (Anatole), Pointe-à-Pitre.
Boullemer (Eugène), idem.
Breton (François), Grand-Bourg.
Casse (Gaspard-Jean), idem.
De Chicourt, Basse-Terre.
Dreveton (Théodore), Pointe-à-Pitre.
Duperron, Basse-Terre.
Gaspard (Richard), Baillif.
Lafages, Basse-Terre.
Lamothe-Quintrie, Sainte-Anne.
Latugaye (Jacques), Deshaies.
Lescar (Constant de), Pointe-à-Pitre.
Maugendre, Sainte-Rose.
Munier (Alphonse), Pointe-à-Pitre.
Tandou (Pierre-François), idem.
Vigneux, Basse-Terre.

MM. MÉDAILLE CIVILE.

Boudin (Gustave), pilote.
Boyer, sapeur pompier.
Mlle Éliette Leroy, hospitalière.
Leguay (Léon), aide-commissaire de la marine.
Lafontaine (Nicolas), patron au cabotage.

Médailles d'honneur décernées par le Gouverneur.

Première classe.

Adonaï (Joseph), cultivateur, Goyave.
Boulié (Saint-Louis), chef d'atelier, Sainte-Anne.
Buridan (Hyppolite), garde champêtre, Port-Louis.
Cervaux (Joseph), propriétaire cultivateur, Moule.
Chout (Noël-Sador), dit Piatoli, domestique, P.-à-Pitre.
Ciotat (Duthely), ouvrier boulanger, idem.
Corsin (Jean), garde-champêtre, Capesterre.
Démocrite (Charlery), surveillant, Grand-Bourg.
Duvin (Roquelaure), cultivateur, Saint-François.
Etelbert (Léonard), cultivateur, Trois-Rivières.
Guston (Jean-Louis), cultivateur, Lamentin.
Lapylaie (Montout), laboureur, Morne à l'Eau.
Martineaux (Vertille), cultivateur, Désirade.
Milèce (Louis), cultivateur, Anse-Bertrand.
Munier (Théophile), laboureur, Canal.
Navarre (Pierre), forgeron, Sainte-Rose.
Pachéco (Charles), chef d'atelier, Bouillante.
Pascal, cultivateur, Grand-Bourg.
Placide (Pierre-Florent), garde particulier, Canal.
Polymus (Pamphile-Isidore-Filène), garde champêtre, Sainte-Rose.
Rutile (Saint-Marc), charron, Grand-Bourg.
Stanislas, pêcheur, Morne-à-l'Eau.
Villette (Jean Charles veuve), hospitalière, Sainte-Anne.

Deuxieme classe.

Alfred (Jean), charpentier, Pointe-à-Pitre.
Ammon (Jupiter), cultivateur, Saint-François.
Andehel (Fabien), cultivateur, Anse-Bertrand.
Anicet (Noël), cultivateur, Pointe-Noire.
Azar (Laurent), garde champêtre, Gosier.
Azor, conducteur, Sainte-Rose.
Babel (Gilles), chef d'atelier, Baillif.
Bachet (Dominique), garde champêtre, Bouillante.
Balagne (Edmond), tonnelier, Sainte-Rose.
Baptista (J.-B.), cultivateur, Saint-Claude.
Barigoule (Simon), cultivateur, Lamentin.
Bartholo (Barthole), garde champêtre, Sainte-Anne.
Bélasse (César), surveillant, Saint-Martin.
Bérald (Févriette), cultivatrice, Baie-Mahault.
Bertrand (Pierre), chef d'atelier, Sainte-Rose.
Birin (Ambroise), cultivateur, Canal.
Birin (Sébastien), cultivateur, Capesterre (Marie-Galante).
Bodeux (Euphrosine), domestique, Sainte-Anne.
Bois (Polixène), chef d'atelier, Port-Louis.
Cabi (Henry), cultivateur, Bouillante.
Cagarre (Thomas), patron de gabarre, Sainte-Rose.
Cambuse (Cyrille), cultivateur, Capesterre (M.-G.).
Cange (Louis), chef d'atelier, Trois Rivières.
Carle (Jean-Charles), chef d'atelier, Gourbeyre.
Célina (Jean-Noël, dit Frère), conducteur, Gosier.
Césarin (Jean-Charles), raffineur, Baie-Mahault.
Cétout, surveillant, Saint-Louis (Marie-Galante).
Chamver (Édouard), charpentier, Grand-Bourg.
Charlat (Jean Charles). économe, Saint-Claude.
Charles, cultivateur, Désirade.
Chely (Michel), chef d'atelier, Saint-François.
Chérol (Pierre), cultivateur, Saint-Louis (Marie-Galante).
Choisy (Jean-Marie), cultivateur, Gourbeyre.
Clernon (Simon), conducteur, Saint-François.
Coclès (Jacob), conducteur, Morne-à-l'Eau.
Copal (Jean-Pierre), laboureur, Petit-Bourg.
Couvercy (Dernier), surveillant d'habitation, Moule.

Damas (Alcabélard), garde champêtre, Deshaies.
Destaing (Jean-Louis), chef d'atelier, Sainte-Anne.
Dracon (Charles), cultivateur, Pointe-Noire.
Étienne (Saint-Louis), cultivateur, Saintes.
Faunas (Sylvain), chef d'atelier, Saint-Claude.
Fardeau (Maximin), surveillant, Morne-à-l'Eau.
Férody (Regis), chef d'atelier, Moule.
Fortuné (Fabien), cultivateur, Goyave.
François (Joseph, dit Vingt-Juin), cultivateur, Désirade.
Frenck, cultivateur, Capesterre.
Fréty (Bertrand), cabronétier, Abymes.
Galas (Augustin), chef d'atelier, Sainte-Anne.
Garimé (Julien), laboureur et cabrouétier, Morne-à-l'Eau.
Gergunin (Francisque-Mathias), cultivateur, Lamentin.
Gersent (Thomaso), conducteur, Canal.
Gilbon (Jacques), gardeur de mulets, Canal.
Giron (Monfils, dit Rémy), laboureur, Sainte-Anne.
Closter (Égalité), cultivateur, Saint-Martin.
Gonanau (Nicolas), cultivateur, Grand-Bourg.
Grégroire (Charles), cultivateur, Capesterre.
Hamlet (Charles), cultivateur, Saint-Martin.
Helligard (Jolin), cultivateur, Saint-Martin.
Helman (Romain), surveillant, Goyave.
Hivert (Charles-Ladère), cultivateur, Saintes.
Hilberg (Cocoville), conducteur, Saint-Claude.
Illidge (London), cultivateur, Saint-Martin.
Lachaussé (Frère), conducteur, Morne-à-l'Eau.
Ladère (Charles), Saintes.
Laharpe (Destine), cultivateur, Baie-Mahault.
Lamalisse (Bruno), cultivateur, Canal.
Laplaine (Michel), surveillant, Grand-Bourg.
Léon (Jean), cultivateur, Capesterre.
Leville (Tranquillin), employé dans une usine, Abymes.
Lombard (Joseph), chef d'atelier, Habitants.
Maconby (Salomon), cultivateur, Bouillante.
Maillard Allick, cultivateur, Saint-Martin.
Mailler (Joseph), cultivateur, Vieux-Fort.
Manusier (Léandre), cultivateur, Capesterre (M.-Galante).
Marc, domestique, Basse-Terre.

Martial (Gabriel), marin, Goyave.
Mercure (Augustin), chef d'atelier, Trois-Rivières.
Mézence (Sylvestre, dit Bastien), conducteur, Moule.
Michel, surveillant, Grand-Bourg.
Mingau (Jemmy), cultivateur, Saint-Martin.
Monlouis (Figaro), chef d'atelier, Pointe-Noire.
Morice (Joseph), chef d'atelier, Gosier.
Motar (Thimothée), chef d'atelier, Petit-Bourg.
Nadir (Prudent), garde particulier, Port-Louis.
Neflé (Gustave-Tremblay), cultivateur, Morne-à-l'Eau.
Négrit (Théophile), cultivateur, Gosier.
Néladin (Alexandre), chef d'atelier, Lamentin.
Nemor (Firmin), laboureur, Anse-Bertrand.
Néré (Amator), surveillant du bac de la Rivière-Salée, Pointe-à-Pitre.
Nérine (Alexandre), cultivateur, St-Louis (M.-Galante).
Nestar (Saint-Pierre), cultivateur, Abymes.
Nillon (Antoine), garde particulier, Canal.
Niloray (Charlery), cultivateur, Baillif.
Ocana (Joseph), cultivateur, Bouillante.
Octuvon (Valère Auguste), surveillant, Grand-Bourg.
Pacify (François), conducteur, Sainte-Anne.
Porsonna (Lucien), cultivateur, Moule.
Phélope (Théophile), conducteur, Saint-François.
Pierrat (Jean-Pierre), cultivateur, Gourbeyre.
Pipérol (Jean-Pierre), cultivateur, St-Louis (M.-Galante).
Plinvan (Isaac), cultivateur, Lamentin.
Poquio (Marie-Claire), cultivatrice, Gourbeyre.
Priam (Tranquille), surveillant, Goyave.
Regard (J.-Charles), garde particulier, Capesterre(M-G).
Rella (René), cultivateur, Saint-François.
Remonde (Jean-Rose), surveillant, Saint-Louis (M.-G.)
Robin (Jules-Théodore), garde champêtre particulier et colon partiaire, Abymes.
Ramono (Ferdinand), cultivateur, Trois-Rivières.
Saint-Hilaire, laboureur, Capesterre.
Saintinne (Pascal), cultivateur, Morne-à-l'Eau.
Saint-Olympe, cultivateur, Pointe-Noire.
Saphanor (Noë-François), cultivateur, Saint-Claude.

Selbonne (Auguste), surveillant, Grand-Bourg.
Senneville (Jean-Simon), cultivateur, Saint-François.
Sermauson (Joseph), cultivateur, Moule.
Sernac (Étienne), cultivateur, Saint-François.
Tacou (Jean-Baptiste), chef d'usine, Habitants.
Talismar, conducteur, Port-Louis.
Tardieu (Edmond), surveillant, Moule.
Tompouce (Jean-Noël), cultivateur, Baillif.
Toussaint, maçon, Pointe-à-Pitre.
Tronchin (Édouard), patron de pirogue, Canal.
Valdone (Germain, dit Tiffin), raffineur, *idem*.
Valencé (Louis), surveillant, Capesterre (M.-Galante).
Valet (Petit, dit Paul), employé à l'usine Marly, Ste-Anne.
Verassamy, cultivateur, Saint-François.
Verthomb (Gharles), cultivateur, Moule.
Zénarre (Zénon), cultivateur, Abymes.

SÉNATUS-CONSULTE

Qui règle la constitution des colonies de la Martinique, de la Guadeloupe et de la Réunion.

TITRE Ier.

DISPOSITIONS APPLICABLES A TOUTES LES COLONIES.

ARTICLE 1er. L'esclavage ne peut jamais être rétabli dans les colonies françaises.

TITRE II.

DISPOSITIONS APPLICABLES AUX COLONIES DE LA MARTINIQUE, DE LA GUADELOUPE ET DE LA RÉUNION.

ART. 2. Sont maintenus dans leur ensemble les lois en vigueur et les ordonnances ou décrets ayant aujourd'hui force de loi.

1° Sur la législation civile et criminelle;
2° Sur l'exercice des droits politiques;
3° Sur l'organisation judiciaire;
4° Sur l'exercice des cultes;
5° Sur l'instruction publique;
6° Sur le recrutement des armées de terre et de mer.

ART. 3. Les lois, décrets et ordonnances ayant force de loi ne peuvent être modifiés que par des sénatus-consultes, en ce qui concerne :

1° L'exercice des droits politiques;
2° L'état civil des personnes;
3° La distinction des biens et les différentes modifications de la propriété;
4° Les contrats et les obligations conventionnelles en général;

5° Les manières dont s'acquiert la propriété, par succession, donation entre-vifs, testament, contrat de mariage, vente, échange et prescription;

6o L'institution du jury;

7° La législation en matière criminelle;

8° L'application aux colonies du principe de recrutement des armées de terre et de mer.

Art. 4. Les lois concernant le régime commercial des colonies sont votées et promulguées dans les formes prescrites par la Constitution de l'Empire.

Art. 5. En cas d'urgence, et dans l'intervalle des sessions, le Gouvernement peut statuer sur les matières mentionnées en l'article 4 par décrets rendus dans la forme de règlements d'administration publique; mais ces décrets doivent être présentés au corps législatif, pour être convertis en lois, dans le premier mois de la session qui suit leur publication.

Art. 6. Les décrets de l'Empereur rendus dans la forme de règlements d'administration publique statuent :

1° Sur la législation en matière civile, correctionnelle et de simple police, sauf les réserves prescrites par l'article 3;

2° Sur l'organisation judiciaire;

3° Sur l'exercice des cultes;

4° Sur l'instruction publique;

5° Sur le mode de recrutement des armées de terre et de mer;

6° Sur la presse;

7° Sur les pouvoirs extraordinaires des gouverneurs, en ce qui concerne les mesures de haute police et de sûreté générale;

8° Sur l'administratiou municipale, en ce qui n'est pas réglé par le présent sénatus-consulte;

9° Sur les matières domaniales;

10° Sur le régime monétaire, le taux de l'intérêt et les institutions de crédit;

11° Sur l'organisation et les attribntions des pouvoirs administratifs;

12° Sur le notariat, les officiers ministériels et les tarifs judiciaires;

13o Sur l'administration des successions vacantes.

Art. 7. Des décrets de l'Empereur règlent:

1° L'organisation des gardes nationales et des milices locales;

2° La police municipale;

3° La grande et la petite voirie;

4° La police des poids et mesures;

Et, en général, toutes les matières non mentionnées dans les articles précédents, ou qui ne sont pas placées dans les attributions des gouverneurs.

Art. 8. Des décrets de l'Empereur peuvent ordonner la promulgation, dans les colonies, des lois de la Métropole concernant les matières énumérées dans l'article 6.

Art. 9. Le commandement général et la haute administration, dans les colonies de la Martinique, de la Guadeloupe et de la Réunion, sont confiés, dans chaque colonie, à un gouverneur, sous l'autorité directe du ministre de la marine et des colonies.

Le gouverneur représente l'Empereur; il est dépositaire de son autorité. Il rend des arrêtés et des décisions pour régler les matières d'administration et de police, et pour l'exécution des lois, règlements et décrets promulgués dans la colonie.

Un conseil privé consultatif est placé près du gouverneur. Sa composition est réglée par un décret.

Art. 10. Le conseil privé, avec l'adjonction de deux magistrats désignés par le gouverneur, connait du contentieux administratif dans les formes et sauf les recours établis par les lois et les règlements.

Art. 11. Le territoire des colonies de la Martinique, de la Guadeloupe et de la Réunion est divisé en communes.

Il y a dans chaque commune une administration composée du maire, des adjoints et du conseil municipal.

Les maires, adjoints et conseillers municipaux sont nommés par le gouverneur.

Art. 12. Un conseil général nommé, moitié par le gouverneur, moitié par les membres des conseils municipaux, est formé dans chacune des trois colonies.

Le mode d'élection et le nombre de membres de chaque conseil général, ainsi que la durée des sessions, sont déterminés par décret de l'Empereur, rendu dans la forme d'un règlement d'administration publique.

Art. 13. Le conseil général vote :

1° Les dépenses d'intérêt local;

2° Les taxes nécessaires pour l'acquittement de ces dépenses et pour le payement, s'il y a lieu, de la contribution due à la Métropole, à l'exception des tarifs de douanes, qui seront réglés conformément à ce qui est prévu aux articles 4 et 5;

3° Les contributions extraordinaires et les emprunts à contracter dans l'intérêt de la colonie.

Il donne son avis sur toutes les questions d'intérêt colonial dont la connaissance lui est réservée par les règlements, ou sur lesquelles il est consulté par le gouverneur.

Les séances du conseil général ne sont pas publiques.

Art. 14. Il est pourvu, dans les trois colonies, par des crédits ouverts au budget général de la Métropole, aux dépenses de gouvernement et de protection concernant les matières ci-après, savoir :

Gouvernement,
Administration générale,
Justice,
Cultes,
Subventions à l'instruction publique,
Travaux et services des ports,
Agents divers,
Dépenses d'intérêt commun,

Et généralement les dépenses dans lesquelles l'État aura un intérêt direct.

Toutes autres dépenses demeurent à la charge des colonies. Ces dépenses sont obligatoires ou facultatives, suivant une nomenclature fixée par un décret de l'Empereur.

Art. 15. Les colonies dont les ressources contributives seront reconnues supérieures à leurs dépenses locales pourront être tenues de fournir un contingent au trésor public.

Les colonies dont les ressources contributives seront reconnues insuffisantes pour subvenir à leurs dépenses locales pourront recevoir une subvention sur le budget de l'État.

La loi annuelle des finances règlera la quotité du contingent imposable à chaque colonie, ou, s'il y a lieu, la quotité de la subvention accordée.

Art. 16. Les budgets et les tarifs des taxes locales, arrêtés par le conseil général, ne sont valables qu'après avoir été approuvés par les gouverneurs, qui sont autorisés à y introduire d'office les dépenses obligatoires auxquelles le conseil général aurait négligé de pourvoir, à réduire les dépenses facultatives, à interdire la perception des taxes excessives ou contraires à l'intérêt général de la colonie, et à assurer, par des ressources suffisantes, l'acquittement des dépenses obligatoires, et spécialement du contingent à fournir, s'il y a lieu, à la Métropole.

Le mode d'assiette et les règles de perception seront déterminés par des règlements d'administration publique.

Art. 17. Un comité consultatif est établi près du ministre de la marine et des colonies. Il se compose : 1° de quatre membres nommés par l'Empereur; 2° d'un délégué de chacune des trois colonies, choisi par le conseil général.

Les délégués ne peuvent être choisis parmi les membres du Sénat, du Corps législatif et du Conseil d'État, ni parmi les personnes revêtues de fonctions rétribuées. Ils reçoivent une indemnité; ils sont élus pour trois ans et rééligibles.

Les attributions du comité consultatif des colonies et l'indemnité des délégués sont fixées par l'Empereur.

Un ou plusieurs des membres nommés par l'Empereur seront chargés spécialement par le ministre de la marine et des colonies de remplir l'office de délégués pour les diverses colonies auxquelles il n'est pas encore accordé de constitution.

TITRE III.

DES AUTRES COLONIES FRANÇAISES.

Art. 18. Les colonies autres que la Martinique, la Guadeloupe et la Réunion seront régies par décrets de l'Empereur, jusqu'à ce qu'il ait été statué à leur égard par un sénatus-consulte.

TITRE IV.

DISPOSITIONS GÉNÉRALES.

Art. 19. Les lois, ordonnances, décrets et règlements en vigueur dans les colonies continuent à recevoir leur exécution, en tout ce qui n'est pas contraire au présent sénatus-consulte.

Fait au palais du Sénat, le 7 avril 1854.

DÉCRET

Relatif à la constitution des directions de l'Intérieur aux colonies.

NAPOLÉON, par la grâce de Dieu et la volonté nationale, EMPEREUR DES FRANÇAIS,

A tous présents et à venir, SALUT :

. . . .

Sur le rapport de notre ministre secrétaire d'État au département de la marine et des colonies;

Vu l'article 7 du sénatus-consulte du 3 mai 1854, sur la constitution coloniale;

Vu l'article 3 du décret du 29 août 1855;

Vu le décret du 12 juin 1851 portant assimilation, pour le règlement de la pension de retraite, des chefs et employés des directions de l'intérieur;

Vu l'avis du comité cousultatif des colonies du 7 décembre 1857;

Avons décrété et décrétons ce qui suit :

Article 1er. Les directions de l'intérieur aux colonies sont constituées ainsi qu'il suit :

MARTINIQUE, GUADELOUPE ET RÉUNION.

1° Secrétariat général;
2° Bureau de l'administration et du contentieux;
3° Bureau de l'agriculture et du commerce;
4° Bureau des cultes et de l'instruction publique;
5° Bureau des finances et des approvisionnements.

GUYANE FRANÇAISE.

1° Bureau de l'administration et du contentieux;
2° Bureau de l'agriculture et du commerce.

Art. 2. Les attributions de ces bureaux sont ainsi réglées :

MARTINIQUE, GUADELOUPE ET RÉUNION.

1° *Secrétariat général :*

Centralisation du travail des bureaux, enregistrement et conservation de la correspondance ministérielle, archives, affaires à présenter au Conseil général et au Conseil privé, affaires réservées, personnelles des divers services, police secrète.

2° *Bureau de l'administration et du contentieux :*

Administration, contentieux, enregistrement, domaine, contributions diverses.

3° *Agriculture et commerce :*

Agriculture, commerce, immigration, douanes.

4° *Cultes et instruction publique :*

Cultes, instruction publique, assistance.

5° *Bureau des finances et approvisionnements :*

Ordonnancement des diverses dépenses, comptabilité coloniale et communale, budgets, travaux et approvisionnements, contrôle des services financiers.

GUYANE FRANÇAISE.

1° *Bureau de l'administration et du contentieux :*

Attributions du secrétariat général, telles qu'elles sont réglées pour les Antilles et la Réunion, administration, contentieux, contributions diverses, enregistrement et domaine, finances, travaux et approvisionnements, ordonnancement des dépenses, comptabilité, budgets, contrôle, personnel des divers services, police.

2° *De l'agriculture et du commerce :*

Immigration, agriculture, commerce, douanes, culte, instruction publique, assistance publique.

Art. 3. La hiérarchie, dans le personnel des directions de l'intérieur est réglée ainsi qu'il suit :

Secrétaire général ;
Chef de bureau de 1re et 2e classe ;
Sous-chef de bureau de 1re et 2e classe ;
Commis ;
Écrivains de 1re, 2e et 3e classe.

Le secrétaire général remplace le Directeur de l'intérieur toutes les fois qu'il n'en a pas été autrement ordonné, aux termes des articles 113 de l'ordonnance organique du 21 août 1825, 128 de l'ordonnance organique du 9 février 1827 et 117 de l'ordonnance organique du 27 août 1828.

Art. 4. Le nombre des chefs et sous-chefs est égal à celui des bureaux. Une moitié des emplois dans chacun des deux grades appartient à la 1re classe.

Le nombre des commis est fixé à deux par bureau. Celui des écrivains est fixé chaque année par le budget.

Art. 5. La solde et les accessoires de solde et l'assimilation pour la retraite, dans les directions de l'intérieur, sont fixés ainsi qu'il suit :

Secrétaire général........	Commissaire-adj. de 1re cl.
Chef de bureau de 1re classe.	—— de 2e classe.
—— de 2e classe..........	Sous-commissaire de 1re cl.
S.-chef de bureau de 1re cl.	—— de 2e classe.
—— de 2e classe........	Aide-commissaire.
Commis	Commis de marine.
Écrivains...............	Écrivains de marine à 1,800 1,500 et 1,200 francs.

Tout officier d'un des corps organisés de la marine détaché dans les directions de l'intérieur, à qui les tarifs attribuent dans la position qu'il occupe une solde supérieure aux allocations prévues par le présent article, conserve cette solde.

Les employés qui n'appartiennent pas au commissariat de la marine, et qui sont aujourd'hui en exercice, conservent également, à titre transitoire, le traitement dont ils jouissent, s'il est supérieur aux fixations du présent décret.

Art. 6. Toutes les nominations sont faites par le ministre, sur la proposition des gouverneurs. Il en est de même des avancements, à l'exception de l'avancement en classe des écrivains.

Les admissions à la retraite, les mises en non-activité, révocations s'il y a lieu des agents non pourvus d'un grade dans l'un des corps organisés de la marine, seront prononcées par le ministre.

Les avancements en classe des écrivains et leur révocation seront prononcés par le Gouverneur.

Art. 7. Nul ne peut être admis dans les directions de l'intérieur, s'il n'a satisfait aux conditions exigées par l'arrêté ministériel du 29 octobre 1853, relatif à l'admission à l'emploi d'écrivain de la marine aux colonies.

Ces conditions ne sont point exigées des candidats pourvus du diplôme de bachelier ès lettres. Elles ne sont pas exigées non plus des candidats qui appartiennent déjà à un service public et auxquels le ministre confère un emploi dans les directions de l'Intérieur, ni des candidats pourvus du diplôme de licencié en droit et ayant déjà un an de pratique ou de stage. Ces derniers peuvent être nommés par le ministre à l'emploi de commis.

Sauf ces exceptions, les admissions n'ont lieu que dans la dernière classe d'écrivain.

Art. 8. Tous les avancements sont donnés au choix. Nul ne peut être avancé s'il ne compte un an de service dans son emploi ou dans sa classe.

Art. 9. Les officiers et employés des divers corps de la marine peuvent être appelés par le Gouverneur, sauf approbation du ministre, aux emplois vacants correspondant, aux termes de l'article 5, au grade dont ils sont revêtus. Ils sont placés hors cadres, et continuent à concourir pour l'avancement avec les officiers et employés de leur corps.

Art. 10. Un règlement rendu en Conseil privé par le Gouverneur, sur la proposition du directeur de l'Intérieur, détermine tout ce qui est relatif au service et à la discipline.

Art. 11. La répartition des employés entre les divers bureaux est faite par le directeur de l'Intérieur.

Art. 12. Dans les colonies autres que la Martinique, la Guadeloupe, la Réunion et la Guyane, les attributions dévolues à la direction de l'Intérieur continueront à être exercées, sous les ordres de l'Ordonnateur, par les officiers et employés du commissariat de la marine.

Art. 13. Notre ministre secrétaire d'État, etc.

Fait le 28 décembre 1857.

Signé NAPOLÉON.

CHRONOLOGIE

Des gouverneurs, capitaines-généraux, commissaires et agents, qui se sont succédé depuis l'établissement de la Guadeloupe.

I. RÉGIME SEIGNEURIAL

(de juin 1635 à mars 1674.)

1635 (28 juin) de L'Olive et Duplessis, *gouverneurs de la Guadeloupe*, au nom des Seigneurs de la Compagnie, débarquent à la Pointe-Allègre (Sainte-Rose). De L'Olive commande le Vieux-Fort-Saint-Pierre et le Quartier de l'Ouest; Duplessis commande le Petit-Fort et le Quartier de l'Est.

» (4 décembre) De l'Olive, *gouverneur* au même titre, après la mort de Duplessis.

1637 (2 décembre) De l'Olive, *capitaine-général* pour la compagnie des îles de l'Amérique, sous l'autorité du lieutenant-général pour S. M. des îles de l'Amérique. — 1638 De Poincy, capitaine-général de Saint-Christophe pour la compagnie, est nommé lieutenant-général pour S. M.

1640 (25 novembre) Aubert, *gouverneur* pour la Compagnie des îles de l'Amérique.

1643 (7 septembre) Houël, *gouverneur et sénéchal* de l'île, pour la Compagnie des îles de l'Amérique.

1644 (» août) Marivet, lieutenant-général civil et criminel, *Gouverneur, p. i.*

1645 (29 mai) Houël, *Gouverneur et Sénéchal de l'île.* — De Thoisy est nommé lieutenant-général des îles, et sénéchal à Saint-Christophe. — 1647 De Poincy, lieutenant-général jusqu'en 1660.

1649 Houël, *gouverneur et sénéchal de l'île.*—La seigneurie des îles Guadeloupe, Grande-Terre, Désirade, Marie-Galante et Saintes est transférée à Boisseret et Houel (1).

---

(1) La seigneurie de la Guadeloupe et dépendances fut divisée comme suit entre les deux propriétaires :

La seigneurie Boisseret comprenait tout le territoire de la Guadeloupe, au N.-O. de la rivière du Baillif et de la Grande-Rivière à Goyave alors dite Saint-Charles , c'est-à-dire depuis les quartiers de la Madeleine et de Saint-Robert, au Baillif, jusqu'à Sainte-Rose ; de plus, le marquisat de Sainte-Marie, à la Capesterre, enclavé dans la seigneurie Houël, le marquisat de Marie-Galante et l'île de la Désirade. — La résidence seigneuriale était au château de la Madeleine, sur la pointe de ce nom (Baillif). — Le Vieux-Fort-Saint-Pierre et le Petit-Fort, érigés par les premiers colons, faisaient partie de cette seigneurie. A quelque distance du Petit-Fort se trouvait le territoire qui a formé plus tard le comté de Lohéac, aujourd'hui habitation Poirié Saint-Aurèle Sainte-Rose.

La seigneurie Houël comprenait le territoire au S.-O. de la rivière du Baillif et de la Grande-Rivière à Goyave, c'est-à-dire depuis les quartiers de Saint-Louis et Saint-Dominique Baillif , jusqu'au Lamentin ; de plus, la Grand'Terre. — Le marquisat de Sainte-Marie (Capesterre) n'en faisait pas partie. — La résidence de Houël était d'abord au Vieux-Fort-l'Olive (encore subsistant dans la commune de ce nom), puis au fort Saint-Charles aujourd'hui Richepanse, près de la Basse-Terre). — Les habitations Saint-Charles et Bisdary, de Gourbeyre, appartenant à Houël, s'étendaient entre le fort Saint-Charles et le fort Houëlmont. — Près du marquisat de Sainte-Marie était le fort de Sainte-Marie ou la Case-au-Borgne, bâti par Houël. — Sur le territoire de cette seigneurie furent érigés plus tard les marquisats de Brinon (Capesterre) et de Houëlbourg Baie-Mahault , (ce der-

1654 (8 juillet) chevalier Houël et de Boisseret, *Gouverneurs, p. i.* en l'absence de Houël.

1656 Houël, *Gouverneur et Sénéchal de l'île*, reprend ses fonctions.

1659 Houël, *gouverneur et sénéchal de l'île.* La seigneurie de Boisseret passe à ses fils de Téméricourt et d'Herbelay — 1660 Vacance de la lieutenance générale des îles. — 1664-1665 de Tracy, lieutenant-général des îles et terre ferme de l'Amérique, en l'absence du vice-roi-lieutenant-général en Amérique le comte d'Estrades, est envoyé aux îles. — La seigneurie de la Guadeloupe et dépendances passe, par expropriation, à la compagnie des Indes occidentales, qui y envoie en 1666-1667 M. de la Barre comme son lieutenant-général.

1664 (23 juin) Ducoudray, *Gouverneur, p. i.*, sous l'autorité du lieutenant-général du vice-roi, et sous celle du gouverneur-lieutenant-général des iles et terre ferme de l'Amérique pour le roi. — La vacance du gouvernement général continue jusqu'en 1667.

1664 (5 nov.) Dulion, *Gouverneur de la Guadeloupe, idem.* — 1667 De la Barre, nommé lieutenant-général des îles et terre ferme de l'Amérique, pour le roi, prend l'intérim du gouvernement général. — 1669 De Baas, gouverneur-lieutenant-général des îles et terre ferme, pour le roi, à la Martinique. Le gouvernement de la Guadeloupe est réuni à celui de la Martinique.

---

nier vis-à-vis la Pointe-à-Pitre), les fiefs de Saint-Denis (habitation Crane), à la Capesterre, d'Arnouville, au Petit Bourg, de Saint-Germain, à la Baie-Mahault.

II. RÉGIME ROYAL.

De 1674 à 1759.

1674 Les îles sont réunies au domaine de l'État.—1677 vacance du gouvernement général (du 32 juin au 1677).

1677 (5 juillet) Hincelin, *gouverneur de la Guadeloupe*. — De Blénac, gouverneur-lieutenant-général des îles et terre ferme de l'Amérique. —1691 d'Éragny, idem.— 1691 de Guitaud, idem, p. i.—1692 de Blénac, idem.

1695 (15 juillet) Auger, *gouverneur de la Guadeloupe*. —1696 de Guitaud, gouverneur-lieutenant-général, p. i. — 1697 d'Amblimont, *idem*.— 1700 de Guitaud, p. i. — 1701 d'Esnotz. — 1701 de Guitaud, p. i.—1702 de Gabaret, p. i. —1703 de Machault.

1703 (» août) De Boisfermé, *gouverneur, p. i.*

1704 De la Malmaison, *Gouverneur*. — 1711 de Philippeaux, gouverneur général. — 1715 Du Quesne. — 1717 de la Varenne.

1717 (» juin) Laguarrigue de Savigny, *gouverneur, p. i.* — De Feuquières, gouverneur général.

1719 (» mai) De Moyencourt, *gouverneur*.

1728 (3 février) Girand Du Poyet, *idem*. De Champigny, gouverneur général.

1734 (27 juillet) De Larnage, *gouverneur*.

1737 (17 août) De Clieu, *idem*. — 1744 De Caylus, gouverneur général.

1749 (» oct.) De Lafond, lieut. du Roi, *gouverneur, p. i.* —1750 de Bompar, gouverneur général.

1750 (» déc.) De Clieu *gouverneur*.

1752 (15 août) De Lafond, lieut. du Roi, *gouverneur p. i.*

1733 (27 déc.) chevalier De Mirabean, *gouverneur*.

1757 (» mars) Nadau du Treil, *idem*. — De Beauharnais, gouverneur général.

III. DOMINATION BRITANIQUE.

De 1759 à 1763.

1759 (27 avril) *Capitulation des habitants de la Guadeloupe : Les Anglais maîtres de l'île, sous les ordres de l'amiral* Moore *et du gén.* Baringtown.

» (1er mai) Le colonel Krumpt, *Gouverneur.*

1761 Campbell Dalrymple, *idem.*

IV. RÉGIME ROYAL.

(De 1763 à 1792.)

1763 (4 juil.) chevalier De Bourlamarque, *Gouverneue général de la Guadeloupe*, après la remise de l'ilr

1764 (24 juin) baron Copley, *Gouverneur général, p. i*

1765 (20 mars) comte De Nolivos, *Gouverneur général :*

1768 (29 nov.) De Malartic, colonel, *Gouverneur, p. i*: sous l'autorité du comte d'Ennery, gouverneur général des îles du vent.

1769 (» janvier) marquis De Bouillé, *Gouverneur de la Guadeloupe.* — 1771 de Valière. gouverneur genéral.

1771 (» août) chevalier Dion, *Gouverneur, par intérim.* confirmé dans ses fonctions le 18 mars 1772. — 1772 de Nozières, gouverneur général des îles du vent. Le gouvernement de la Guadeloupe est séparé pendant six mois de celui de la Martinique.

1774 (» avril) comte De Tilly, lieutenant du Roi, *Gouverneur, p. i.*

1775 le comte d'Arbaud, *lieut.-général*, *Gouverneur.* Le gouvernement de la Guadeloupe est définitivement séparé de celui de la Martinique, quoique sous l'autorité commune du gouverneur gén. des îles du vent. — 1776 d'Argout, gouverneur gén. des îles du vent. — 1777 de Bouillé, *idem.*

1781 le Vicomte de Damas, *lieut.-général, gouverneur,* 1782 de Damas, gouverneur général des îles du vent, p. i.

1784 le baron de Clugny, *lieut.-général, gouverneur.* — De Damas, gouverneur général.
1786 le comte de Micoud, *Gouverneur, par intérim.*
» le baron de Clugny, *Gouverneur* — 1789 de Vioménil, gouverneur général. — 1790 de Damas.—1791 de Behague.
1792 le vicomte d'Arrot, *gouverneur, par intérim.*

V. RÉGIME RÉPUBLICAIN.

1793 Lacrosse, *Gouverneur.* —Rochambeau, gouverneur général.
» Collot, *Gouverneur.*
1794 (21 avril) Prise de l'île par les Anglais, sous les ordres de Sir Jh. Grey *et* John Jervis.
» (2 juin) Reprise de l'île par Chretien *et* V^r^ Hugues, *Commissaires délégués par la Convention nat.*
1794 Victor Hugues, *Commissaire délégué par la Convention nationale.*
1795 (6 janvier) Hugues, Goyrand et Lebas, *Commissaires délégués par la Convention nationale.*
» Hugues et Lebas, *idem.*
1796 les mêmes, *Agens particul. du Directoire exécutif.*
1798 Hugues, *Agent particulier du Directoire exécutif.*
» (22 nov.) Desfourneaux, *idem.*
1799 (» oct.) Le général Paris, Danan et Roche Rupez, *Membres du Gouvernement provisoire*, après le départ pour la France du général Desfourneaux.
« (11 déc.) Jeannet, Baco et Lavaux, *Agens part. etc.*
1800 les mêmes, *Agens des Consuls.*
» Jeannet, Baco et Bresseau, *idem.*
» Jeannet et Bresseau, *idem.*
1801 (26 mai) Lacrosse, *Capitaine-général.*
» (oct.) Pélage, H. Frasans, Danois, Corneille, *Membres du conseil formant le Gouvern. prov* après l'embarquement du général Lacrosse.
1802 (7 mai) Richepanse, *Général en chef.*
» (3 sept.) Lacrosse, *Capitaine-général.*
1803 (8 mai) Ernouf, *idem.*

VI. RÉGIME IMPÉRIAL.

(De 1804 à 1810.)

1804 Ernouf, *capitaine-général.*

VII. DOMINATION BRITANNIQUE.

(De 1810 à 1816.)

1810 (6 fév.) Prise de l'île par les Anglais, sous les ordres du lieutenant-général Sir G[es] Beckwith et du vice-amiral Sir Alexander Cochrane.

1814 (7 déc.) Reprise de possession provisoire de l'île par l'adjudant-général Boyer de Peyreleau, *commandant en second, Gouverneur, p. i.*

» (14 déc.) Reprise de possession de l'île pour S. M. T. C., par le comte de Linois, contre-amiral, *Gouverneur, lieutenant-général.*

1815 (10 août) Prise de l'île par les Anglais, sous les ordres du lieutenant-général Sir James Leith, *Gouverneur général pour S. M. B.*

VIII. RÉGIME ROYAL.

(De 1816 à 1848.)

1816 (15 juillet) Reprise de possession de l'île pour S. M. T. C., par le lieutenant-général comte de Lardenoy, *Gouverneur général.*

1818 (12 janvier) le même, *Gouverneur et Administrateur pour le Roi.*

1823 (1er juillet) Jacob, contre-amiral, *Gouverneur et Administrateur pour le Roi.*

1826 (18 mai) baron Vatable, maréchal-de-camp, commandant militaire, *Gouverneur et Administrateur pour le Roi, par intérim.*

1826 (1er juin) baron Angot Des Rotours, contre-amiral, *Gouverneur pour le Roi.*

1830 (1er mai) baron Vatable, maréchal-de-camp, *Gouverneur pour le Roi.*

1831 (8 juillet) Arnous-Dessaulsay, contre-amiral, *Gouverneur de l'île de la Guadeloupe et de ses dépendances.*

1837 (3 juin) Jubelin, commissaire général de la marine, *Gouverneur de l'île de la Guadeloupe et dépendances.*

1841 (15 juin) Gourbeyre, contre-amiral, *Gouverneur de l'île de la Guadeloupe et dépendances.*

1845 (7 juin) Varlet, colonel, commandant militaire *Gouverneur par intérim.*

» (31 octobre) Layrle, capitaine de vaisseau, *Gouverneur de la Guadeloupe et dépendances.*

IX. RÉGIME RÉPUBLICAIN.

(De 1848 à 1852.)

1848 (5 juin) Gatine, *commissaire général de la République à la Guadeloupe et dépendances.*

» (12 octob.) Fiéron, colonel, *gouverneur de la Guadeloupe et dépendances.*

1849 (14 avril) Fabvre, capitaine de vaisseau, *Gouverneur provisoire de la Guadeloupe et dépendances*, sous l'autorité du gouverneur général des Antilles. — M. Bruat, contre-amiral, gouverneur général.

» (12 déc.) Fiéron, colonel, *Gouverneur de la Guadeloupe et dépendances*, sous l'autorité du gouverneur général des Antilles. — 1851 Vaillant, contre-amiral, gouverneur général.

1851 (1er novemb.) Chaumont, colonel, commandant militaire, *Gouverneur p. i.* — Le gouvernement général des Antilles est supprimé.

» (26 novemb.) Aubry-Bailleul, capitaine de vaisseau, *Gouverneur de la Guadeloupe et dépendances.*

X. RÉGIME IMPÉRIAL.

(Rétabli dans la colonie le 27 janvier 1853.)

Le même, *gouverneur*.

1853 (13 décembre) Guillet commissaire général ordonnateur, *gouverneur p. i.*

1854 (13 janvier) Bonfils, capitaine de vaisseau, *gouverneur.*

1856 (29 mai) Guillet, commissaire général ordonnateur, *gouverneur p. i.*

1857 (5 mars) Touchard, capitaine de vaisseau, *gouverneur.*

1859 (13 mars) Bontemps, commissaire général de la marine, *gouverneur p. i.*

1860 (5 janvier) Frebault, colonel d'artillerie de la marine, *gouverneur.*

CHRONOLOGIE

Des Commis et Agents généraux, Intendants, Préfets coloniaux, Commissaires de justice et Administrateurs qui se sont succédé depuis 1635.

Ire PÉRIODE.

1635 N......, *commis général*, (à Saint-Christophe).

1642 De Leumont, *intendant général* des îles de l'Amérique, pour la Compagnie, ayant sous ses ordres les commis généraux.

1646 De Saint-André, *commis général.*

1664 De Chambre, *agent général.*

1670 Pélissier, *directeur général* de la Compagnie, et La Calle, *commis général*, (à la Martinique)

1670 Duruau-Palu, *agent général.*

IIe PÉRIODE.

1676 La Calle, *commis général.*

1677 Patoulet, *Intend. des îles du vent.* (à la Martinique).

1682 Bégon, *idem.*

1685 Dumaitz de Goimpy, *idem.*

1696 Robert, *idem.*

1706 Arnoult de Vaucresson, *idem.*

1707 Renauld, *Subdélégué de l'Intendant des îles du vent*, (à la Guadeloupe).
1713 Mesnier, *Commissaire Ordonnateur.*
1717 De la Chapelle, *Subdélégué-général.*
1735 Marin, *Commissaire Ordonnateur.*

IVe PÉRIODE.

1763 le président de Peynier, *Intend. de la Guadeloupe.*
» Mignot, *Subdélégué-général.*
1764 Laval, *idem.*
1765 Prost de Larry, *idem.*
1766 le baron de Moissac, *Intendant.*
1769 d'Eu de Montdenoix, *Commissaire Ordonnateur.*
1775 le président de Peynier, *Intendant.*
1780 D'Eu de Montdenoix, *commissaire général ordonnatenr.*
1781 Constant de Boispineau, *Commissaire Ordonnateur p. i.*
» Cayolle, *idem.*
1782 De Foulquier, *Intendant.*
1786 Foullon d'Ecotier, maître des requètes, *idem.*
» Petit de Viévigne, *Com. gén. Ordonnateur p. i.*
» Foullon d'Écotier, maître des requêtes, *Intendant.*
1789 Iger, *Commissaire Ordonnateur p. i.*
» Petit de Viévigne, *Commissaire gén. Ordonnateur.*
1791 Rochepierre, *Commissaire Ordonnateur p. i.*
1792 Minut, *Intendant.*
» Suppression des intendants.

Ve PÉRIODE.

1802 Lescalier, *préfet colonial.*

1803 Roustagnenq, sous-préfet, *préfet colonial p. i.*

1802 Coster, *Commissaire de justice.*
» Nadal-Saintrac, *id., par intérim.*
1803 Bertolio, *Commissaire de justice.*

VIe PÉRIODE.

1805 Le général Kerversau, préfet colonial. — Le même, *Commissaire de justice.*

VIIe PÉRIODE.

1814 (14 décemb.) De Vaucresson, commissaire ordonnateur, *Intendant p. i.*, après la remise de l'île.
1815 (26 janvier) De Guillermy, *Intendant.*

VIIIe PÉRIODE.

1816 (15 juillet) Lesage, sous-commissaire ordonnateur. *Intendant p. i.*, après la remise de l'île.
1816 (30 août) Foullon d'Écotier, conseiller d'État, *Intendant,*
1818 (12 janvier) Suppression de la place d'intendant. Les gouverneurs sont investis des attributions de l'intendant.—Ils portent, jusqu'en 1826, le titre de *gouverneur et administrateur pour le Roi.*

CHRONOLOGIE

Des Commandants en second et Commandants militaire qui se sont succedé depuis 1814.

VIIe PÉRIODE.

1814 (14 déc.) Boyer de Peyreleau, adjudant-général, *commandant en second.*
1815 (10 août) Prise de l'île par les Anglais.

VIIIe PÉRIODE.

1816 (30 août) Baron Vatable, maréchal de camp, *commandant en second.*
1818 (12 janvier) Le même, *commandant militaire*
1830 (26 déc.) Aurange, lieutenant-colonel, *commandant militaire, par intérim.*

1831 (12 janvier) Guingret, colonel du 51e régt., *commandant militaire, par intérim.*

» (7 mai) Aurange, colonel, *commandant militaire.*

1837 (3 mai) Cappès, colonel du premier régiment de marine, *commandant militaire, par intérim.*

» (7 août) L'Eleu de la Ville-aux-Bois, colonel du deuxième régiment de marine, *commandant militaire, par intérim.*

» (25 sept.) L'Eleu de la Ville-aux-Bois, colonel, *commandant militaire.*

1840 (30 janv.) Law de Clapernou, lieutenant-colonel du 1er régiment d'infanterie de marine, *commandant militaire, par intérim.*

1840 (18 février) Law de Clapernou, colonel d'infanterie de marine, *commandant militaire, par intérim.*

» (18 mai) De Fitte de Soucy, colonel, *commandant militaire.*

1841 (12 décembre) Varlet, colonel du premier régiment d'infanterie de marine, *commandant militaire, par intérim.*

1842 (17 août) Varlet, colonel, *commandant militaire.*

1845 (7 juin) Mallié, colonel du premier régiment d'infanterie de marine, *commandant militaire, par intérim.*

(31 octobre) Varlet, colonel, *commandant militaire.*

1847 (27 mars) Laborel, lieutenant-colonel du 1er régiment d'infanterie de marine, *commandant militaire, par intérim.*

IXe PÉRIODE.

1847 (30 juillet) Pascal, colonel, *commandant militaire.*

1848 (4 septembre) Chaumont, lieutenant-colonel, *commandant militaire.*

» (8 septembre) le même, colonel, *commandant militaire.*

1851 (1er novem.) de Vassoigne, lieutenant-colonel, *commandant militaire, par intérim.*

« (26 novemb.) Chaumont, colonel, *commandant militaire.*

1853 (11 juillet) Bert, colonel, *commandant militaire, par intérim.*

1854 (21 jánvier) Chaumont, colonel, *commandant militaire.*

L'emploi de commandant militaire a été supprimé par décret impérial du 29 août 1855.

CHRONOLOGIE

Des Ordonnateurs et des Chefs d'administration qui se sont succédé depuis 1792.

IVe PÉRIODE.

1792 Chabert de Prailles, *Com. Ordonnateur, p. i.*

Ve PÉRIODE.

1793 Voisin, *Commissaire Ordonnateur, par intérim.*
1794 Durand Villégégu, *Chef d'administration.*
1796 Paquenesse, *Chef d'administration par intérim.*
1798 Devers, *idem. idem.*
1799 Garnaud, *idem idem.*
« Roustagnenq, *Comissaire principal Ordonnateur.*
1802 Le même, sous-préfet, *Chef d'administration.*
1803 N......, *idem, idem, par intérim.*

VIe PÉRIODE.

1805 Roustagnenq, sous-préfet, *Chef d'administration.*
1810 (6 février) Prise de l'île.

VIIe PÉRIODE.

1814 (14 déc) De Vaucresson, commissaire ordonnat.
1815 (20 juin) Coupvent, commissaire inspecteur. *ordonnateur p. i.*
» (10 août) Prise de l'île,

VIIIe PÉRIODE.

1816 (15 juillet) Lesage, sous-commissaire, *ordonnateur p. i.* après la remise de l'île.
» (30 août) Roustaguenq, commissaire général ordonnateur.
1823 (1er juillet) Delacour, commissaire principal ordonnateur.
» (9 sept.) Boisson, contrôleur de marine de première classe, *ordonnateur. p i.*
1824 (1er juin) Motas, commissaire de marine de première classe, *Ordonnateur p. i.*
1825 (18 janvier) Jubelin, commissaire principal, *Ordonnateur.*
1826 (11 avril) de Muyssart, commissaire principal, *Ordonnateur.*
1829 (1er juin) Mainié, commissaire de marine, *Ordonnateur p. i.*
» (2 juillet) Motas, commissaire de marine de première classe, *ordonnateur p i.*
1830 (1er mars) de Muyssart, commissaire principal, *Ordonnateur.*
1833 (31 janvier) Motas, commissaire de marine, *Ordonnateur p. i.*
1835 (6 février) Motas, commissaire de marine de première classe, *Ordonnateur.*
1837 (29 juillet) Pariset, commissaire de marine de première classe, *Ordonnateur.*
1841 (8 septembre) le même, commissaire général de la marine, *Ordonnateur.*
1844 (26 avril) L. de Vauclin, commissaire de marine de première classe, *Ordonnateur p. i.*
1845 (1er octobre) Chatel, commissaire de la marine de deuxième classe, *Ordonnateur p. i.*
1845 (22 octob.) L. de Vauclin, commissaire de marine de première classe, *Ordonnateur.*
1846 (25 novembre) le même, rentré de congé, prend son service.

1847 (30 juin) Chatel, commissaire de marine de première classe, contrôleur colonial, *Ordonnateur p. i.*

IXe PÉRIODE.

1848 (11 avril) Guillet, commissaire de marine de première classe, *ordonnateur.*

» (8 septembre) le même, commissaire général de la marine, *ordonnateur.*

1851 (1er mai) Le Dentu, commissaire de marine, contrôleur colonial, *Ordonnateur p. i.*

1852 (26 juin) Guillet, commissaire général, *Ordonnat.*

1853 (14 décembre) Régin, commissaire de première classe, *Ordonnateur p. i.*

1854 (14 janvier) Guillet, commissaire général, *Ordonnateur.*

1855 (29 mai) Le Dentu, contrôleur colonial, *Ordonnateur p. i.*

» (21 septembre) Marbot, commissaire adjoint de la marine, *Ordonnateur p. i.*

» (20 octobre) De Ruthye-Bellacq, contrôleur colonial, *Ordonnateur p. i.*

1856 (24 mars) Guillet, commissaire général, *Ordonnateur.*

» (19 mai) De Ruthye-Bellacq, contrôleur colonial, *ordonnateur p. i*

1857 (5 mars) Guillet, commissaire général. *ordonnat.*

1858 (13 février) Bontemps, commissaire général de la marine, *ordonnateur.*

1859 (13 mars) Marbot, commissaire-adjoint de la marine, *ordonnateur p. i.*

1860 (5 janvier) Bontemps, commissaire général de la marine, *ordonnateur.*

CHRONOLOGIE

Des Directeurs de l'Intérieur.

MM. VIIIe PÉRIODE.

1826 (1er juin) Jules Billecocq, *Directeur général.*

1829 (20 mai) Jourand, commissaire de marine de 1re classe, *Directeur général par intérim.*

1831 (16 janv.) Jules Billecocq, *Directeur général.*
1833 (22 août) le même, *Directeur de l'Administration intérieure.*

IXe PÉRIODE.

1848 (5 juin) Boitel, *Directeur de l'intérieur.*
» (12 juillet) Lignières, *Directeur de l'intérieur* p. i.
» (12 septembre) Blanc, *Directeur de l'intérieur.*
1849 (14 mars) V. Eggimann, chef de bureau, *ayant la direction et la signature des affaires pendant la mission de* M. Blanc.
» (31 mai) Blanc, *Directeur de l'intérieur.*
1851 (1er août) V. Eggimann, secrétaire général, *Directeur de l'Intérieur p. i.*
» (28 octobre) Husson, *Directeur de l'Intérieur.*

Xe PÉRIODE.

1853 Le même, *Directeur de l'Intérieur.*
1858 (13 février) De Ruthye-Bellacq, *Directeur de l'Intérieur.*

CHRONOLOGIE

Des Procureurs généraux.

MM. IIe PÉRIODE.

1674 N......, *Procureur général.*
1711 Rolland, *Procureur général.*
1717 Pérée, conseiller, *faisant fonctions.*
1720 Ducharmois, conseiller, *idem.*
1730 Dorillac, *Procureur général.*
1741 Brondou, *idem.*
1748 Coquille, substitut, *faisant fonctions.*
1753 Coquille, *Procureur général.*

IIIe PÉRIODE.

1759 Le même, *Procureur général.*

IVe PÉRIODE.

1763 Le même, *Procureur général,*
1792 Dissolution du conseil.

Ve PÉRIODE.

1802 Rétablissement du conseil sous le nom de cour d'appel. Robert Lavielle, *Procureur général.*

VIe PÉRIODE.

1804 Le même, *Procureur général.*
1810 Desislets-Mondésir, substitut, *faisant fonctions.*
» Dampierre, second substitut, *idem.*
» Lavielle Duberceau, *Procureur général.*
» (6 février) Prise de l'île par les Anglais.

VIIe PÉRIODE.

« Le même, *Procureur général.*
1814 (15 décemb.) Labiche de Reignefort, *Procureur général.*
1815 (10 août) Prise de l'île par les Anglais.

VIIIe PÉRIODE.

1816 (23 juillet) Labiche de Reignefort, *Procureur général*, après la remise de l'île.
1818 (1er mai) Le Borgne Clermont, substitut, *faisant fonctions*
1820 (25 mars) Pellerin, *Procureur général près la Cour royale.*
1826 (10 juin) De Lacharière, avocat général, *faisant fonctions.*
1827 (26 janv.) Prosper Cabasse, *Procureur général.*
1828 (28 avril) De Lacharière, avocat-gén., *faisant fonctions.*
1829 (6 février) De Ricard, procureur du roi près le tribunal de la Basse-Terre, *Procureur général p. i.*
» (24 avril) Nogues, *Procureur général.*
1830 (6 août) Chabert de Lacharière aîné, conseiller à la cour royale, *Procureur général provisoire.*

» (24 déc.) Du Lyon de Rochefort, *idem* *idem*
1831 (10 janv.) Joyau, procureur du roi près le tribunal de la Pointe-à-Pitre, *Pr. gén. provisoire.*
» (13 janv.) Du Lyon de Rochefort, *idem.*
» (1er août) Auguste Bernard, *Procureur général.*
1835 (10 août) Marais, procureur du roi près le tribunal de la Pointe-à-Pitre, *faisant fonctions.*
1836 (25 juillet) De Sambucy, conseiller-auditeur à la cour royale, *faisant fonctions.*
» (19 novembre) Aug. Bernard, *Procureur général.*
1840 (27 avril) A. Ristelhueber, procureur du roi près le tribunal de la B.-Terre, *faisant fonctions.*
» (3 novembre) Aug. Bernard, *Procureur général.*
1841 (18 juin) L. Ristelhueber, *faisant fonctions.*
1842 (26 décembre) Aug. Bernard, *Procureur général.*
1844 (8 janvier) Le Roy (Ch.-Constant-Joseph), conseiller à la cour royale, *Procureur général p. i.*
» (25 juin) Fourniols (M.-Alex.), premier substitut du procureur général, *Procureur général p. i.*
» (10 décembre) Aug. Bernard, *Procureur général.*
1846 (21 mai) L. Mittaine, premier substitut du procureur général, *Procureur général, p. i.*
» (22 déc.) Bayle Mouillard, *Procureur général.*

IXe PÉRIODE.

1848 Le même, *Procureur général.*
1849 (23 janvier) L. Baffer, 1er substitut du Procureur général, *Procureur général* p. i.
» (15 novembre) Rabou, *Procureur général.*
1851 (16 octobre) L. Baffer, premier substitu faisant fonctions de Procureur général pendant la mission de M. Rabou.
1852 (28 mai) De Lacour, *Procureur général.*
1852 (29 sept.) L. Baffer, *Procureur général p.i.*

Xe PÉRIODE.

1853 (29 janv.) Le même, *Procureur général*
1859 (12 avril) Conquérant, 1er substitut du procureur général, *Procureur général p. i.*
1860 (20 mars) L. Baffer, *Procureur général.*

CHRONOLOGIE

Des Inspecteurs et Contrôleurs coloniaux.

MM. VIIe PÉRIODE.

1814 (14 décembre) Coupvent, commissaire de la marine, *Inspecteur colonial*

1815 (20 juin) Rousseau-Merville, sous-commissaire de la marine, *Inspecteur colonial*, *par intérim.*

» (26 juin) Clémansin-Dumaine, commissaire de la marine, *Inspecteur colonial*, *par intérim.*

» (10 août) *Prise de l'île par les Anglais.*

VIIIe PÉRIODE.

1816 (23 juillet) Rousseau-Merville, sous-commissaire de la marine, *Contrôleur provisoire*, *après le remise de l'île.*

» (1er novem.) Dandasme, commissaire de deuxième classe de la marine, *Contrôleur provisoire.*

1817 (20 novem.) Le mêne, *Contrôleur de deuxième classe de la marine, titulaire ; passé à la première classe de son grade, le* 31 *mars* 1819.

1820 (18 août) Mainié, commissaire de deuxième classe de la marine, *Contrôleur provisoire.*

1821 (11 février) Liot, *Contrôleur de deuxième classe de la marine, titulaire.*

» Mainié, commissaire de deuxième clusse de la marine, *Contrôleur provisoire.*

1823 (19 mars) Boisson, *Contrôleur de première classe de la marine, titulaire.*

» (9 septemb.) Mainié, commissaire de deuxième classe de la marine, *Contrôleur provisoire.*

1825 (22 octobre) Carbonnel, commis principal de la marine, *Contrôleur provisoire.*

1826 (18 janvier) Le même, sous-commissaire de deuxième classe de la marine, *Contrôleur provisoire.*

1828 (4 juin) Mainié, *Contrôleur colonial, titulaire.*

Le Contrôle est remplacé par l'Inspection, en vertu de l'ordonnance du 8 février 1829.

1829 (1er juin) Martin, commissaire de deuxième classe de la marine, *chargé, p. i., de l'Inspection.*

1830 (1er mars) Motas, commissaire de la marine, *chargé de l'Inspection.*

1833 (31 janvier) Codet de Lamorinière, commis principal, *chargé de l'Inspection, par intérim.*

» (22 juin) Bergevin, sous-commissaire de la marine, *chargé de l'Inspection, par intérim.*

1835 (11 juillet) Pariset, commissaire de la marine de première classe, *Inspecteur colonial.*

1836 (17 juillet) Cadéot, sous-commissaire de la marine, *Inspecteur colonial, par intérim.*

1837 (22 juin) La Solgne de Vauclin, commissaire de la marine, *Inspecteur colonial.*

1838 (27 juillet) Eugène de Vauclin, commis principal de la marine, *chargé provisoirement de l'Inspection.*

1839 (17 juin) La Solgne de Vauclin, commissaire de la marine, *Inspecteur colonial.*

1844 (26 avril) Chatel, commissaire de la marine, *Inspecteur colonial, par intérim.*

La dénomination d'Inspection coloniale est remplacée par celle de Contrôle colonial, en vertu de l'ordonnance du 21 décembre 1844.

1845 (1er octobre) Laugier, sous-commissaire de la marine, *Contrôleur colonial, par intérim.*

1846 (25 novembre) Chatel, commissaire de la marine de première classe, *Contrôleur colonial.*

1847 (30 juin) Laugier, sous-commissaire de la marine, *Contrôleur colonial, par intérim..*

» (14 décembre) Le même, commissaire-adjoint de la marine, *Contrôleur colonial, par intérim.*

IXe PÉRIODE.

« Le même, *Contrôleur colonial.*

1848 (16 décembre) G. Le Dentu, commissaire de deuxième classe de la marine, *Contrôleur colonial,*

1851 (1er mai) Bégin, commissaire-adjoint de la marine, *Contrôleur colonial, par intérim.*

1852 (26 juin) Le Dentu, commissaire de marine, *Contrôleur colonial.*

Xe PÉRIODE

» Le même, *Contrôleur colonial.*

1853 (27 avril) Bégin, commissaire-adjoint de la marine, *Contrôleur colonial p. i.*

» (13 décemb.) Noël, *idem* *idem.*

1854 (14 janv.) Bégin, *idem* *idem.*

» (23 janv.) Le Dentu, commissaire de 1re classe de la marine, *Contrôleur colonial..* .

1855 (29 mai) Marbot, commissaire adjoint de la marine, *Contrôleur colonial p. i.*

» (20 septembre) Bégin, commissaire adjoint de la marine, *Contrôleur colonial p. i.*

« (20 octobre) Marbot, commissaire adjoint de la marine, *Contrôleur colonial p. i.*

1856 (24 mars) De Ruthye-Bellacq, commissaire de première classe de la marine, *Contrôleur colonial.*

» (29 mai) Marbot, commissaire-adjoint de la marine, *Contrôleur colonial p. i.*

1857 (5 mars) De Ruthye-Bellacq, commissaire de première classe de la marine, *Contrôleur colonial.*

1858 (28 mars) Costet, commissaire adjoint de la marine, *Contrôleur colonial p. i.*

» (13 novembre) Marbot, commissaire adjoint de la marine, *Contrôleur colonial.*

1859 (13 mars) Costet, commissaire-adjoint de la marine, *Contrôleur colonial p. i.*

1860 (5 janvier) Marbot, commissaire de la marine, *Contrôleur colonial.*

MÉTÉOROLOGIE.

Voici l'indication des ouragans dont les dates ont été recueillies dans l'histoire physique des Antilles, de M. Moreau de Jonnès :

8 en Juillet : les 10—13—23—28—30.
15 en Août, les 1er-4-12-13-14-15-19-25-28-29-30-31.
11 en Septembre, les 1er—2—5—10—12—16—21—30.
9 en Octobre, les 1er—2—10—13—20—21

Cette liste, quoique rappelant des époques néfastes, offre un tel intérêt pour l'étude de la météorologie du pays, qu'on a cru devoir la continuer.

Le 26 juillet 1825, un ouragan terrible a détruit presqu'entièrement la ville de la Basse-Terre ; la dépression du baromètre a été de 21 lignes au-dessous de son niveau ordinaire.

En 1831, il y a eu un coup de vent le 23 juin, et deux ouragans les 10 et 13 août. Le dernier a brisé la ville des Cayes, dans l'île de Saint-Domingue.

Le 24 août 1832, la Basse-Terre a éprouvé un nouvel ouragan, pendant lequel le mercure s'est abaissé de 0[m] 038.

En 1834, le 21 septembre, un coup de vent a éclaté sur la même ville, avec une dépression barométrale de 0[m] 018.

En 1837, le 26 juillet, un ouragan a occasionné des pertes considérables à la Barbade, où il a fait périr 22 bâtiments dans le port de Bridgetown.

Le 2 août de la même année, un ouragan, plus fort que le premier, a ravagé, à différents degrés, toutes les îles sous le vent.

En 1846, le 13 septembre, il y a eu un coup de vent de peu d'importance à la Guadeloupe et dans ses dépendances.

En 1848, le 21 août, un coup de vent a ravagé l'île de la Désirade et plusieurs communes de la Grand'Terre.

DESCRIPTION TOPOGRAPHIQUE

DE LA GUADELOUPE ET DE SES DÉPENDANCES.

La Guadeloupe est une des Antilles les plus grandes et les plus florissantes; sa population s'élève à 129,272 âmes.

L'Ile, d'une forme irrégulière, a près de 444 kilomètres de circonférence; elle est divisée en deux parties égales par un canal d'environ 6 milles de longueur, nommé la *Rivière-Salée*, qui communique à la mer par ses extrémités. La largeur de ce canal varie de 30 à 120 mètres; le peu de profondeur de ses embouchures, l'empêche d'être navigable pour des bâtiments d'un fort tonnage.

A l'ouest de la *Rivière-Salée*, se trouve la partie dite la *Guadeloupe*, de nature volcanique, laquelle est traversée par de hautes montagnes dominées toutes par celle appelée la *Soufrière*, élevée d'au moins 1,600 mètres au-dessus du niveau de la mer.

Cette *Solfatare*, d'un aspect majestueux et pittoresque, est un des principaux objets du panorama de la *Basse-Terre*.

Au S. O. de la *Soufrière* et presqu'à ses pieds, s'étend la ville de la *Basse-Terre*, par 15° 59' 30" de latitude nord et 64° 5' 15" de longit. ouest du méridien de Paris. Elle est le siége d'un évêché, d'une cour d'appel, d'une cour d'assises, d'un tribunal de première instance, d'une justice de paix, d'une chambre de commerce et d'une chambre d'agriculture; sa rade, protégée par le fort *Richepance* et par plusieurs batteries, offre un excellent ancrage. Cette ville est la résidence du Gouvernement. Sa population est de 8,000 âmes, non compris la garnison. Il y a à la Basse-Terre un hôpital militaire et un hospice civil, une maison de correction, deux maisons conventuelles, un séminaire-collége, un pensionnat pour les demoiselles. Une diligence fait le service sur la route de la Basse-Terre à la Pointe-à-Pitre; un bateau à vapeur fait le service de la ligne de mer par le nord.

Sur la côte ouest, l'*Ansc-à-la-Barque*, dans la commune des Vieux-Habitants, et la baie de *Deshaies* ont de bons mouillages pour de grands navires et même des vaisseaux de guerre ; la *Baie-Mahault*, dans le N. E., ne peut recevoir que de petits bâtiments.

Les communes de la Baie-Mahault, de la Capesterre, du Lamentin et de Sainte-Rose sont les plus populeuses, après celle de la Basse-Terre, dans la partie de l'ile dite la Guadeloupe. Elles ont de 3,500 à 4,000 âmes. Il y a un hospice civil et une justice de paix à la Capesterre, une justice de paix au Lamentin et à la Pointe-Noire.

A l'est de la *Rivière-Salée* est la seconde partie de l'ile, connue sous la désignation de *Grande-Terre;* elle est généralement basse et d'origine calcaire. La ville de la *Pointe-à-Pitre*, bâtie vers l'ouest, avait été détruite par le tremblement de terre du 8 février 1843, suivi d'un horrible incendie ; mais l'heureuse situation de cette ville en a fait activer la reconstruction ; actuellement elle reprend son ancienne splendeur, et chaque jour la voit croître en population et en richesse; elle possède un port très-sûr, susceptible de contenir une grande quantité de bâtiments de commerce, et même des frégates de 1re classe. L'entrée en est défendue par les forts *Fleur-d'Epée* et *l'Union*, et par de nombreuses batteries. La justice y est rendue par un tribunal de première instance qui, à défaut d'institution spéciale, connaît des litiges commerciaux, et par un tribunal de paix; c'est aussi le siége d'une cour d'assises. La Pointe-à-Pitre possède une banque, deux consulats, une chambre de commerce, une société d'agriculture, un hôpital militaire, un hospice civil, une belle église, un théâtre, une maison de correction, plusieurs établissements d'éducation. La population de la Pointe-à-Pitre est de 13,000 âmes.

Dans l'est de cette partie, est situé le Port du *Moule*, où peuvent entrer des navires de 300 tonneaux, et, au N E., la baie du *Port-Louis* dont le mouillage présente quelque garantie.

La ville du Moule est le chef-lieu d'une justice de paix, elle a été anciennement le siége d'une sénéchaussée. C'est la deuxième ville de la Grande-Terre; la population totale de la commune est de 9,000 âmes. Le Moule possède une chambre d'agriculture, une usine centrale à sucre et plusieurs établissements de commerce. Une diligence fait tous les jours le service entre cette ville et la Pointe-à-Pitre par Bordeaux-Bourg, et une malle-poste le service par Sainte-Anne. Il y a au Moule une maison d'éducation correctionnelle pour les filles.

La ville du Port-Louis, chef-lieu de canton et d'une commune de 4,000 âmes, possède une jolie église. Un bateau à vapeur dessert la ligne de mer entre cette ville et la Pointe-à-Pitre, et une malle-poste la ligne de terre. Il y a dans la commune deux usines centrales à sucre.

La commune du Petit-Canal a une population de 6,000 âmes et une usine centrale, celle de l'Anse-Bertrand a une population de 5,000 âmes. Celle du Morne-à-l'Eau a deux bourgs : le Vieux-Bourg presque abandonné, et Bordeaux-Bourg qui est situé au centre de la Grande-Terre, au point de rencontre de la diligence du Moule et de la malle-poste du Port-Louis, et qui prend un développement rapide. Population 3,500 habitants.

La commune des Abymes, dont celle de la Pointe-à-Pitre a été détachée, est un chef-lieu de perception et possède un hospice, une maison d'écucation correctionnelle pour les garçons, une chapelle rurale consacrée à N. D. de Bon-Secours, qui devient une voie de pélérinage. Sa population est de 4,000 âmes.

La commune du Gosier a un phare et une station de pilotage. Population 3,880 habitants.

Sainte-Anne, autrefois chef-lieu de la sénéchaussée de la Grande-Terre, possède une usine centrale à sucre et 5,500 habitants.

Saint-Francois est un chef-lieu de canton de 5,000 âmes. Il y a une usine centrale.

L'île est partagée en 26 communes et en 8 cantons de justices de paix.

La *Guadeloupe*, proprement dite, comporte les communes de la Basse-Terre, de Saint-Claude, du Baillif, de Gourbeyre, des Habitans, de Bouillante, de la Pointe-Noire, de Deshaies, de Sainte-Rose, du Lamentin, de la

Baie-Mahault, du Petit-Bourg, de la Goyave, de la Capesterre, des Trois-Rivières et du Vieux-Fort.

La *Grande-Terre* contient celles de la Pointe-à-Pitre, des Abymes, du Gozier, de Sainte-Anne, de St-François, du Moule, de l'Anse-Bertrand, du Port-Louis, du Petit-Canal et du Morne-à-l'Eau.

Les produits de la colonie consistent en sucre, café, coton, roucou, etc. On y cultive beaucoup de fruits et des vivres de toute sorte.

Le climat en est d'une douceur remarquable. Il n'y a ni serpens ni insectes venimeux; des eaux thermales y abondent; ses forêts, peuplées d'arbres propres aux constructions civiles et maritimes, sont très-giboyeuses, et ne renferment aucun animal de proie.

La *Guadeloupe* a quatre dépendances administrées par deux commandants particuliers.

La première et la plus grande est l'île de *Marie-Galante* qui a 83 kilomètres de tour et une population de 13,850 âmes; elle renferme trois communes: Grand-Bourg, la Capesterre et Saint-Louis. La ville du Grand-Bourg en est le chef lieu; on y voit un tribunal de première instance et une justice de paix; sa rade est entourée d'une ceinture de rochers qui en rend l'accès difficile. Cette ville est le siége de la chambre d'agriculture des dépendances; elle a une maison de correction et un hospice civil. Sa population est de 6,500 âmes. La Capesterre a 3,500 habitants et a été le siége d'une justice de paix. Le commandant de Marie-Galante a dans son arrondissement les Saintes et la Desirade.

La seconde dépendance, formée du groupe d'îlots des *Saintes*, est située à 19 kilomètres au S. E. de la pointe du Vieux-Fort de la Guadeloupe. Celui de ces îlots qui est le plus à l'est, porte le nom de *Terre-de-Haut* et forme une paroisse; il y existe, à l'ouest, un bon port pour les plus grands vaisseaux de guerre; sa situation topographique, les siéges qu'il a soutenus, la réseau de fortifications qu'on y a établi, lui ont justement mérité la dénomination de *Gibraltar des Antilles*. Dans le voisinage de la Terre-de-Haut et sur l'Ilet-à-Cabri se trouve le fort Joséphine, converti en maison centrale de force et de correction.

L'îlot de l'ouest est appelé *Terre-de-Bas ;* il produit un peu de café et beaucoup de vivres; on y fabrique des poteries généralement estimées. Il y a une paroisse.

La population de ce groupe est de 1,276 âmes; la pêche, dont elle s'occupe presqu'exclusivement, fait de ces insulaires des marins expérimentés et courageux.

La troisième dépendance est l'ile de la *Désirade*, à 11 kilomètres au N. E. de la Pointe-des-Châteaux de la Grande-Terre; elle a environ 22 kilomètres de tour. Le Gouvernement y entretient une léproserie. On remarque, à peu de distance de cette île, les îlots de la *Petite-Terre*, sur l'extrémité orientale d'un desquels (Terre-de-Bas) s'élève un phare à feu fixe ayant 33 mètres au-dessus du niveau de la mer, et une portée de 15 milles.

La *Désirade* possède 1,705 habitants dont la pêche constitue la principale industrie.

La quatrième dépendance est la partie septentrionale de *St-Martin*, placée à 233 kilomètres au nord de la *Guadeloupe*. Elle a près de 39 kilomètres de tour, et une population de 3,675 âmes. On y récolte du sucre et du coton. La baie du *Marigot*, où se trouve le bourg de ce nom, est le mouillage officiel. Une ligne postale est établie entre Saint-Martin et Saint-Chrisophe par correspondances avec les arrivées et les départs des paquebots anglais, dans cette dernière colonie.

En vue de la difficulté des communications entre cette île et la Guadeloupe, et pour épargner aux justiciables des déplacements onéreux, un décret impérial a étendu la compétence du tribunal de paix de Saint-Martin, soit en matière civile et commerciale, soit en matière de police ou de crimes et délits.

On vient d'y établir des salines qui promettent à cette dépendance de nouveaux avantages, et un amendement précieux à l'agriculture coloniale. *Saint-Martin* jouit également d'un régime particulier de commerce.

La partie sud appartient au gouvernement hollandais.

PHARE DE LA PETITE-TERRE.

Feu fixe. [ʘ. 3.]

Sur la *Terre-de-Bas* (l'un des îlots de la Petite-Terre), à 184 mètres de son extrémité orientale.

Lat. 16° 10' 29" N. — Long. 63° 25' 16" O.

Élévation.	au-dessus du sol....	23m	Portée 15 mil.
	au-dessus de la mer..	33	

FEU DE L'ILET-MONROUX.

Le feu de l'Ilet-Monroux est élevé de 16 mètres au-dessus du niveau de la mer et peut être vu à 7 milles au large, l'œil étant situé à 3 mètres d'élévation au-dessus de la mer.

Le fanal est garni de trois glaces donnant, sur autant de côtés, une lumière différente.

La face principale regardant le large, et dans la direction exacte du premier coffre, a une glace sans couleur, et donne par conséquent une lueur naturelle.

La face latérale de droite a une glace coloriée en jaune et marque le passage entre l'*Ilet-Monroux* et la côte du *Gosier*.

La face latérale de gauche a une glace coloriée en rouge, de telle sorte que les caboteurs qui voudront donner dans la passe, devront éviter la vue des deux glaces rouge et jaune et garder en vue la glace sans couleur.

FEU DU MOULE.

Le feu du Moule est élevé de 14 mètres au-dessus du niveau de la mer, et peut être aperçu à la distance de 7 milles, l'œil étant situé à 3 mètres d'élévation au-dessus de la mer.

Il est établi à 10 mètres environ du mât de signaux du port, sous le 16° 16' 34" de latitude septentrionale, et le 63° 48' 20" de longitude occidentale du méridien d Paris.

La lumière en est blanche, fixe, éclairant toute la partie de l'horizon vue du large en passant par le nord, qui est sa face principale.

Ce feu marque l'entrée du port : les navires arrivant du large doivent le relever au S. S. O. et se tenir alors sous petites voiles dans cette direction, pour être prêts à recevoir le pilote au point du jour.

FEU DU GOSIER.

Le feu du Gosier, établi sur l'îlet de ce nom, est élevé de 17 mètres au-dessus du niveau de la mer, sous le 16° 14' 7" de latitude septentrionale, et le 63° 48' 54" de longitude occidentale du méridien de Paris.

La lumière en est blanche, fixe, éclairant l'horizon du N. 30° E. au N. 30° O. en passant par le sud, qui est sa face principale.

Il peut être aperçu distinctement à 7 milles dans toute sa partie éclairée, l'œil de l'observateur étant placé à 3 mètres d'élévation de la mer.

Le feu de l'îlet du Gosier sert à se diriger le long des côtes de Saint-François et de Sainte-Anne, lorsque l'on a reconnu le phare de la Petite-Terre. La portée de ce dernier feu étant de 15 milles, et sa distance du feu du Gosier de 25 milles dans l'E. 1/4 S. E. de ce dernier point, les navigateurs venant soit du nord, soit du sud, qui se seront placés à l'ouest et en latitude de la Petite-Terre, rencontreront, en courant à l'ouest, la lumière du nouveau feu, peu de temps après avoir perdu de vue celle du phare.

FEU DU GRAND-BOURG.

Ce feu, situé à 50 mètres à l'est du pavillon du fort, est élevé de 14 mètres au-dessus du niveau de la mer, sous le 15° 52' 0" de latitude septentrionale nord, et 63° 39'

7" de longitude occidentale ouest. La lumière en est blanche, éclairant toute la partie de l'horizon vue du large. Il sert à marquer l'entrée du port, et peut être aperçu de la distance de sept milles, l'œil étant élevé à 3 mètres au-dessus de la mer. Les navires arrivant de l'est ou de l'ouest devront le relever au N.-E. 1/4 E. 1° 15' E., qui est à sa face principale, et se tenir dans cette direction à un mille des bancs, pour être prêts à recevoir le pilote à la pointe du jour.

Les navires prenant la passe pour venir au monillage éviteront, par rapport au feu, au N.-E. 4° N. et à l'E.-N.-O.t 4° E., les deux pointes de cayes, formant l'entrée du port, situées à 200 mètres environ du rivage.

TABLE ALPHABÉTIQUE

DES MATIÈRES

CONTENUES DANS L'ALMANACH DE 1860.

	Pages.
Abattoirs publics	123
Administration de la justice	155
Administration de la marine	65
Administration intérieure	73
Agents du commerce près les entrepôts	122
Agriculture	117
Articles principaux de l'annuaire	15
Artillerie (Direction d')	43
Artillerie (Régiment d')	61
Assistance et santé publique	108
Assistance judiciaire	161
Avocats au Conseil privé	35
Avocats et avoués	159
Avoués du domaine	142
Bac de passage de la Rivière-Salée	145
Banque coloniale	121
Boursier à l'institution des sourds-muets de Bordeaux	116
Boursiers à l'école vétérinaire d'Alfort	123
Boursiers coloniaux	100
Bureaux de bienfaisance des communes	108
Bureaux de la Direction de l'Intérieur	75
Bureaux du commissariat de la marine	66
Calendrier	3
Chambre d'agriculture de la Grande-Terre	117
Chambre d'agriculture de la Guadeloupe	117
Chambre d'agriculture des dépendances	118
Chambre de commerce de la Basse-Terre	121
Chambre de commerce de la Pointe-à-Pitre	122
Chanoines expectants	37

Pages.
Chronologie générale 186
Clergé paroissial 39
Collége des assesseurs 162
Colonies françaises 25
Comices agricoles 119
Comité consultatif pour le contentieux administratif 141
Comité correspondant de la société impériale d'acclimatation de Paris 121
Comités de vaccine 103
Comité d'immigration 116
Commerce et industrie 121
Commissaires priseurs 123
Commissariat de la marine 65
Commissariat de l'immigration 116
Commission pour l'achat des cotons 120
Commissions sanitaires 71
Conseils de curatelle 141
Conseil de défense 43
Conseils de guerre 63
Conseil de révision 64
Conseil général 35
Conseil privé 34
Consulat d'Angleterre 124
Consulat des États-Unis 124
Contributions diverses 124
Contrôle colonial 165
Cour impériale 155
Cours d'accouchement 103
Courtiers de commerce 123
Cultes 102
Décret relatif à la constitution des directions de l'Intérieur aux colonies 181
Délégué au comité consultatif des colonies 36
Description topographique de la Guadeloupe 208
Docteurs en médecine 104
Douanes 145
Éclipses 16
Écoles libres 96

Pages.

Écoles publiques.................... 90
Empire français..................... 17
Enregistrement, domaines, curatelle aux successions vacantes, eaux et forêts............... 139
Évêché de la Basse-Terre.................... 37
Famille impériale..................... 17
Facteurs........................... 127
Fêtes titulaires des communes de la Guadeloupe... 30
Feu de l'Ilet-Monroux.................... 213
Feu du Grand-Bourg..................... 214
Feu du Gosier....................... 214
Feu du Moule........................ 213
Gendarmerie coloniale.................... 60
Génie (Compagnie d'ouvriers du)............. 62
Génie (Sous-direction du)................. 44
Gouvernement de la Guadeloupe.............. 33
Habitations domaniales.................... 144
Hôpitaux-hospices..................... 113
Hospices généraux..................... 112
Huissiers........................... 160
Immigration......................... 116
Imprimerie du Gouvernement................ 151
Infanterie de la marine................... 62
Instruction publique..................... 89
Interprètes.......................... 123
Jury médical......................... 103
Justices de paix...................... 157
Justice militaire...................... 63
Médailles civiles...................... 170
Médailles de Sainte-Hélène........ 169
Médailles d'honneur décernées par le Gouverneur. 170
Médailles militaires..................... 169
Médecins et chirurgiens de facultés étrangères.... 105
Médecins hospitaliers.................... 115
Membres de l'ordre impérial de la Légion-d'Honneur......................... 166
Membres du jury en matière d'expropriation..... 142
Météorologie......................... 207

Pages.

Milices 45
Ministère de l'Algérie et des colonies 18
Notaire du Gouvernement 142
Notaires 160
Officiers de santé 104
Ouvroir Saint-Camille 99
Pensionnat de Saint-Joseph 97
Perception 137
Petit séminaire-collége 38
Phare de la Petite-Terre 213
Pharmaciens 105
Prisons 152
Police 151
Ponts et chaussées 148
Population de la Guadeloupe 31
Porteurs de contraintes 138
Position de la Guadeloupe 16
Poste aux lettres 125
Recenseurs 124
Sages-femmes 106
Sénatus-consulte qui règle la constitution des colonies 175
Service de santé 68
Service des places 43
Service des ports 68
Services militaires 43
Service municipal 77
Signes pour les décorations 16
Société d'agriculture de la Pointe-à-Pitre 119
Sœurs hospitalières 70
Station de la marine locale 36
Syndics de l'immigration 116
Taxe des lettres et paquets de papiers 127
Trésor public 68
Tribunal de première instance 155
Vérificateurs des poids et mesures 125
Vétérinaires du Gouvernement 121
Vicaires généraux 37

-4-

CPSIA information can be obtained
at www.ICGtesting.com
Printed in the USA
LVHW100610210323
742065LV00002B/231

9 783382 701093